杨金志 著

给孩子的节气古诗词
秋

《给孩子的节气古诗词》丛书以节气为主线，精选出三百余首诗词，让其与二十四节气一一契合。作者对诗词的解读别开生面，结合与诗词相关的农事物候、天文地理、历史典故、传统文化、生活方式等广博的知识，娓娓道来，轻松有趣，备受启迪。

诗人的心更加敏感，立春之时，是"江南无所有，聊赠一枝春"的唯美意境；秋分时节，是"长风万里送秋雁，对此可以酣高楼"的辽阔高远。伟大的诗人们行走于天地时序之间，将节气之美、诗词之美以朗朗上口的诗歌记录下来。希望读者以一颗诗心，跟着二十四节气的脚步，跟着诗人的感悟来发掘中国传统文化的宝藏。以诗意穿越历史，在当下的生活中将诗词之美、节气之美唤醒。

打开这本书，"诗词节气风"扑面而来，阅读将是一次奇妙的旅行。

图书在版编目（CIP）数据

　　给孩子的节气古诗词.秋/杨金志著.—北京：化学工业出版社，2018.8（2019.6重印）
　　ISBN 978-7-122-32459-7

　　Ⅰ.①给… Ⅱ.①杨… Ⅲ.①古典诗歌-中国-少儿读物 Ⅳ.①I222

　　中国版本图书馆 CIP 数据核字（2018）第136891号

责任编辑：李彦芳
装帧设计：尹琳琳
责任校对：王　静

出版发行：化学工业出版社
　　　　　（北京市东城区青年湖南街13号　邮政编码100011）
印　　装：中煤（北京）印务有限公司
710 mm×1000mm　1/16　印张10　字数400千字
2019年6月北京第1版第2次印刷

购书咨询：010-64518888
售后服务：010-64518899
网　　址：http://www.cip.com.cn
凡购买本书，如有缺损质量问题，本社销售中心负责调换。

定　价：49.00元　　　　　　版权所有　违者必究

自序

古典诗词在时序节气中的长歌

一

在过去的几年里,我持之以恒地在做一件事:每天,根据当时当日的节气和时令,选取一首古诗,给它配上精简有趣的解读。这些解读文字,随即发表在我的微信公众号"大诗兄说"上。

我为什么要坚持做这件事?兴趣是最好的老师。我一直是一个传统文化、古典诗词的爱好者。同时,我也是一个博物爱好者,我喜欢观察和学习自然万物、天文地理。

兴趣需要有人来激发。激发我的人,就是我女儿。五年前,当女儿还在读小学时,我立下一个"小目标":依据季节、节气和时令,跟她一起诵读古典诗词。自古教学相长,在和女儿一起分享学习诗词的过程中,我获得了更加丰富、更不一样的感悟。我要把这些感悟都记录下来。

我们的"诗词之旅"很愉快。时间也过得飞快。这套书出版的时候,我的女儿已经成为一名中学生。在我写作的过程中,女儿是我的第一读者。我希望,我的书能够对她有更多的帮助;我希望,她能够长久地保持对传统文化、古典诗词的兴趣。"幼吾幼以及人之幼",身为学生家长,我的心跟大多数家长的心在一个频率上跳动。

二

作为中国传统文化的瑰宝,二十四节气与古典诗词,两者之间有着天然而深厚的联系。

2016年11月,联合国教科文组织保护非物质文化遗产政府间委员会通过决议,将中国申报的"二十四节气——中国人通过观察太阳周年运动而形成的时间知识体系及其实践"列入联合国教科文组织人类非物质文化遗产代表作名录。作为中国人,我们应当把节气文化继续发扬光大。

中国诗人对于节气和时令的感悟，向来丰富细腻、博大精深。曹操、李白、杜甫、王维、白居易、苏东坡……这些伟大的诗人行走于天地之间，春华秋实、夏虫冬雪都无比诗意地呈现在他们笔下；还有伟大的《诗经》和"乐府"，来自民间的创作彰显着淳朴、智慧和灵动。

你看，立春之时，梅花怒放，是"江南无所有，聊赠一枝春"，唯美的意境，深厚的情谊，蕴含在短短的字里行间；秋分时节，是"长风万里送秋雁，对此可以酣高楼"，天高气爽的感觉跃然纸上。及至二十四节气中殿后的大寒，是"渊冰厚三尺，素雪覆千里"，好像古人都已经为你做好了准备，只等着你来发掘这宝藏。

三

《给孩子的节气古诗词》丛书按季节分为四册，每个节气对应十多篇诗词，整套书共收录诗词300余首。这套书有四个主要特征：第一，这套丛书是写给广大青少年、中小学生的，还有他们的家长、老师。因此，语言一定要生动活泼、通俗易懂、贴近生活。我力求每一个字都要有所来历，每一句话都要反复斟酌。

第二，这是"节气+诗词"的跨界阅读。读者既可以学到很多古典诗词方面的文史知识，又可以获得大量关于节气、物候、天文、地理等方面的知识，能拓展视野和知识面，这对于孩子的素质教育是相当必要的。

第三，这是"碎片化阅读"与"系统性阅读"的有机结合。当下，"碎片化阅读"已经成为很多人的阅读习惯。中国古典诗词大多短小而隽永，适合随时随地的"碎片化阅读"。这套书通过精心的编选，把看似"碎片"的诗词，通过"节气"这条时间线，有机地连缀起来，形成了一个完整而有逻辑的系统。

第四，这是一件图文并茂的文化产品。当下，阅读已经进入"读图时代"。将文字与图片结合起来，可以增进人们，特别是孩子们的阅读兴趣。全书精心选配了大量历代名家画作和精美图片，图文相映成趣。丰富多彩的"融合阅读"，值得期待！

我希望并相信，《给孩子的节气古诗词》这套书能成为孩子们喜欢的课外读物，能成为他们学习中国传统文化、学习古典诗文的辅导书籍。对于一名中小学生来说，如果能够熟练掌握和领悟这些诗词，他的传统文化底蕴、古典诗词功底就相当扎实了。练好传统文化的"童子功"，一定可以受益终身！

杨金志／大诗兄

2018年7月写于上海

立秋

08月07日—
08月09日

002 故人千万里，新蝉三两声
　　立秋日曲江忆元九　唐　白居易

004 清风明月无人管，并作南楼一味凉
　　鄂州南楼书事　宋　黄庭坚

006 眼看红芳犹抱蕊，业中已结新莲子
　　蝶恋花　宋　晏殊

008 绿竹含新粉，红莲落故衣
　　山居即事　唐　王维

010 低头弄莲子，莲子清如水
　　西洲曲　南朝　乐府民歌

012 采菱渡头风急，策杖林西日斜
　　田园乐七首·其三　唐　王维

014 妻子张白鹇，结置映深竹
　　秋浦歌（二首）　唐　李白

016 清浅白石滩，绿蒲向堪把
　　白石滩　唐　王维

018 漠漠水田飞白鹭，阴阴夏木啭黄鹂
　　积雨辋川庄作　唐　王维

020 稻花香里说丰年，听取蛙声一片
　　西江月·夜行黄沙道中　宋　辛弃疾

022 迢迢牵牛星，皎皎河汉女
　　迢迢牵牛星　汉　古诗十九首

处暑
08月22日 — 08月24日

026 鹧鸪天 宋 苏轼
殷勤昨夜三更雨，又得浮生一日凉

028 诏问山中何所有赋诗以答 南朝 陶弘景
山中何所有，岭上多白云

030 鹿柴 唐 王维
空山不见人，但闻人语响

032 竹里馆 唐 王维
独坐幽篁里，弹琴复长啸

034 寻隐者不遇 唐 贾岛
松下问童子，言师采药去

036 栾家濑 唐 王维
飒飒秋雨中，浅浅石溜泻

038 送友人 唐 李白
青山横北郭，白水绕东城

040 秋词 唐 刘禹锡
晴空一鹤排云上，便引诗情到碧霄

042 山居秋暝 唐 王维
空山新雨后，天气晚来秋

044 辋川闲居赠裴秀才迪 唐 王维
寒山转苍翠，秋水日潺湲

046 归园田居·其三 东晋 陶渊明
种豆南山下，草盛豆苗稀

白露
09月07日 — 09月09日

050 月夜忆舍弟 唐 杜甫
露从今夜白，月是故乡明

052 思吴江歌 西晋 张翰
秋风起兮木叶飞，吴江水分鲈正肥

054 百忧集行 唐 杜甫
庭前八月梨枣熟，一日上树能千回

056 听蜀僧濬弹琴 唐 李白
不觉碧山暮，秋云暗几重

058 峨眉山月歌 唐 李白
峨眉山月半轮秋，影入平羌江水流

060 渡荆门送别 唐 李白
山随平野尽，江入大荒流

062 田家秋作苦 唐 李白
田家秋作苦，邻女夜舂寒

064 宿五松山下荀媪家 唐 李白
城边有古树，日夕连秋声

066 沙丘城下寄杜甫 唐 杜甫
星垂平野阔，月涌大江流

068 旅夜书怀 唐 杜甫
昔闻洞庭水，今上岳阳楼

070 望洞庭 唐 刘禹锡
遥望洞庭山水色，白银盘里一青螺

秋分

09月22日 — 09月24日

074　宣州谢朓楼饯别校书叔云　唐　李白
　　　长风万里送秋雁,对此可以酣高楼

076　秋登宣城谢朓北楼　唐　李白
　　　江城如画里,山晚望晴空

078　水调歌头　宋　苏轼
　　　明月几时有?把酒问青天

080　望月怀远　唐　张九龄
　　　海上生明月,天涯共此时

082　酒泉子　宋　潘阆
　　　弄潮儿向涛头立,手把红旗旗不湿

084　鹧鸪天·桂花　宋　李清照
　　　何须浅碧深红色,自是花中第一流

086　宿建德江　唐　孟浩然
　　　移舟泊烟渚,日暮客愁新

088　夜雨寄北　唐　李商隐
　　　君问归期未有期,巴山夜雨涨秋池

090　观沧海　汉魏　曹操
　　　东临碣石,以观沧海

092　短歌行　汉魏　曹操
　　　对酒当歌,人生几何!譬如朝露,去日苦多

094　念奴娇·赤壁怀古　宋　苏轼
　　　大江东去,浪淘尽,千古风流人物

096　敕勒歌　北朝民歌
　　　天苍苍,野茫茫,风吹草低见牛羊

寒露

10月07日 — 10月09日

100 暮江吟 唐 白居易
可怜九月初三夜,露似真珠月似弓

102 关山月 唐 李白
明月出天山,苍茫云海间

104 子夜吴歌·秋歌 唐 李白
长安一片月,万户捣衣声

106 菩萨蛮 唐 李白
平林漠漠烟如织,寒山一带伤心碧

108 终南别业 唐 王维
行到水穷处,坐看云起时

110 过香积寺 唐 王维
泉声咽危石,日色冷青松

112 九月九日忆山东兄弟 唐 王维
遥知兄弟登高处,遍插茱萸少一人

114 过故人庄 唐 孟浩然
故人具鸡黍,邀我至田家

116 饮酒·其五 东晋 陶渊明
采菊东篱下,悠然见南山

118 天净沙·秋思 元 马致远
枯藤老树昏鸦,小桥流水人家

120 登高 唐 杜甫
无边落木萧萧下,不尽长江滚滚来

122 西塞山怀古 唐 刘禹锡
今逢四海为家日,故垒萧萧芦荻秋

霜降

10月23日—10月25日

126 蒹葭苍苍,白露为霜
蒹葭 诗经 秦风

128 床前明月光,疑是地上霜
静夜思 唐 李白

130 停车坐爱枫林晚,霜叶红于二月花
山行 唐 杜牧

132 月落乌啼霜满天,江枫渔火对愁眠
枫桥夜泊 唐 张继

134 霜落熊升树,林空鹿饮溪
鲁山山行 宋 梅尧臣

136 鸡声茅店月,人迹板桥霜
商山早行 唐 温庭筠

138 烟笼寒水月笼沙,夜泊秦淮近酒家
泊秦淮 唐 杜牧

140 二十四桥明月夜,玉人何处教吹箫
寄扬州韩绰判官 唐 杜牧

142 醉里挑灯看剑,梦回吹角连营
破阵子·为陈同甫赋壮词以寄之 宋 辛弃疾

144 江晚正愁余,山深闻鹧鸪
菩萨蛮·书江西造口壁 宋 辛弃疾

146 秋阴不散霜飞晚,留得枯荷听雨声
宿骆氏亭寄怀崔雍崔衮 唐 李商隐

一叶知秋

08月07日 - 08月09日

立秋

立秋是秋季的第一个节气。每年阳历8月8日前后，农历七月左右，太阳达到黄经135°时开始。《月令七十二候集解》中说：「秋，揪（jiū）也，物于此而揪敛也。」揪，同「揫」，就是聚敛、收集的意思。我国习惯以立秋作为秋季的开始，此后气温逐步下降。不过，此时处于夏秋交替之际，依然会有些暑热，「秋老虎」天气也时常出现。

故人千万里，新蝉三两声

立秋日曲江忆元九

唐 / 白居易

下马柳阴下，独上堤上行。
故人千万里，新蝉三两声。
城中曲江水，江上江陵城。
两地新秋思，应同此日情。

元九：白居易的朋友元稹。
曲江：唐朝都城长安城内的一条河。
江陵：今天的湖北荆州，在长江边上。

几片梧桐叶子泛了一点点黄，知了依旧在树上叫着。它们并不知道，从这一天起，它们有了一个新名字，叫做"秋蝉"。因为，二十四节气中的立秋到了。别看气象台还在发布着高温预警，也别看"秋老虎"来势汹汹，其实，这都是秋后的蚂蚱、兔子的尾巴，长不了啦！

秋天固然是收获的季节，但也是万物由盛转衰的起点。立秋一到，不少朋友听着新蝉老蝉的鸣叫，心里难免会生发出一些微妙的感觉，如白居易，一辈子看似风风光光、热热闹闹，其实交心的朋友也没几个。这其中，一位是元稹（元九），一位是刘禹锡（刘二十八）。几十年来，大家也总是聚少离多，你住江头我住江尾。人生难得几相逢，只有传语报平安。

这一年的立秋日，老白照例在长安衙门里交了差事，骑马来到曲江边上，在老柳树上拴了马，独自在江堤踱步。秋蝉的鸣叫声不绝于耳，他忽然想起：去年今日，还跟老元一起在这里赏秋；今年立秋，老元已经远在长江边上的江陵城。教我如何不想他？

人生啊，还能有多少时光可以相伴！大白马抖了抖耳朵，没有回答这个问题，只是抬起头来，用温柔的眼神看了看老白，然后继续低头吃草。

清风明月无人管,并作南楼一味凉

鄂州南楼书事

宋 / 黄庭坚

四顾山光接水光,
凭栏十里芰荷香。
清风明月无人管,
并作南楼一味凉。

立 秋

给孩子的节气古诗词 秋

鄂(è)州南楼:在今湖北省武汉市蛇山。旧时称白云楼、安远楼、瑰月楼、楚关楼等,与黄鹤楼、头陀寺、北榭等并称为黄鹄山(今蛇山)"四大楼台"。宋代诗人冯时行有诗《鄂州南楼,其下为黄鹤楼故基》。
芰(jì):菱角。

鄂州南楼在今天的湖北武汉。武汉这个名字，听上去就让人觉得汗浆直冒。自古以来，这一带在夏天就是"火炉"。原因何在？就在于"四顾山光接水光"，水多。鄂州一带，乃至简称为"鄂"的湖北，长江纵贯而过，境内号称"千湖"，一到夏天，水汽蒸腾旺盛，再被阳光加热，简直就是一个大蒸笼。哪怕是过了立秋，暑气还是难以消散。

  这种气候特征，让人的体感不舒服，但荷花却很喜欢。鄂州水面广阔，这里就是水生植物的天堂，"凭栏十里芰荷香"的景象，应该是随处可见。芰，是菱角的意思。经典歌曲《洪湖水，浪打浪》，其中有一句"四处野鸭和菱藕，秋收满帆稻谷香"，这里的"菱藕"就是"芰荷"的同义词。而洪湖，就是鄂州一带的千湖之一。

  立秋已过，一阵风雨过后，不多的荷花瓣又掉落了几片，正好落在旁边的荷叶里；小莲蓬亭亭玉立，附近几株去年的老莲蓬则瘪瘪地枯立着，原先莲子的穴位空空如也。正午的时候，天气依然要热一会儿；而阵阵细雨过后，则是凉风习习；暮色降临，天空中彩云追月，凉意也是愈加深重。

蝶恋花

宋 / 晏殊

玉碗冰寒消暑气。
碧簟纱厨，向午朦胧睡。
莺舌惺松如会意，
无端画扇惊飞起。

雨后初凉生水际。
人面荷花，的的遥相似。
眼看红芳犹抱蕊，
业中已结新莲子。

簟（diàn）：竹席。
惺松：形容声音轻快。
的的（dí）：明明白白，的的确确。
业：通"叶"。

暮春初夏时光,我们念过蒋捷的一首《一剪梅》:"流光容易把人抛,红了樱桃,绿了芭蕉。"流光的的确确容易把人抛,这一眨眼的工夫,樱桃、芭蕉都已经是过去式,夏末秋初的时节到了。

"眼看红芳犹抱蕊,业中已结新莲子",好像刚刚看到红莲吐蕊,怎么一转眼的工夫,接天碧绿的莲叶之间,就结出了无数个嫩黄色的莲蓬?这一句,跟"樱桃芭蕉"那一句,真是有异曲同工之妙。

我们平时怎么形容时光飞逝的?刹那?瞬间?弹指?须臾?不管你用什么词来表达,总之就是一个意思:光阴似箭,如同白驹过隙、流沙过指。

晏殊的词曲,主角十有八九是女子。你看她困午觉、吃冰沙、摇扇子,日子过得确实惬意。"人面荷花,的的遥相似",人面似荷花,也真美;不过,再美丽的莲花,也总是要凋谢的。如此一想,"雨后初凉生水际",心中顿生秋凉。

绿竹含新粉，红莲落故衣

山居即事

唐 / 王维

寂寞掩柴扉，苍茫对落晖。
鹤巢松树遍，人访荜门稀。
绿竹含新粉，红莲落故衣。
渡头烟火起，处处采菱归。

扉（fēi）：门扇。
落晖：夕阳，夕照。
荜（bì）门：竹荆编成的门，又称柴门，常指房屋简陋破旧。

王维不仅是大诗人,还是顶级画家。唐宋时期,诗词一流、作画一流,大诗兄觉得,只有两个人:一位是王维,另一位是苏轼。可惜的是,王维的画作真迹我们今天已经无缘见到,苏轼的画作真迹也是个位数。

  明白了王维的画家身份,就能理解他对自然界万事万物的观察为什么会如此细致入微。竹子是古代文人的至爱,王维也不例外。"绿竹含新粉",翠绿挺拔的竹子,竹节处一层淡淡的白粉,增之一分则多,减之一分则少。不论你是多么高明的化妆师,都比不上大自然的无形之手,轻松创造出浑然天成之美。

  不仅是竹子,不少植物都善于给自己画一个淡妆,笼上一层淡淡的白霜。譬如说葡萄,有的人看到皮上覆盖着一层薄粉,拼命地洗呀弄呀——这叫不懂科学,白忙乎。那是它自带的,可不是灰尘、农药。吃葡萄不吐葡萄皮,没事儿!秋冬季节,红彤彤的柿子、黄澄澄的柑橘,如果你仔细观察,也会发现它们的果实上有一层薄粉。

  这是苍茫落日的时节,这是白鹤巢松的时节,这是红莲落衣的时节,这是渡头采菱的时节。惟有绿竹苍翠,含粉独立。

西洲曲

南朝 / 乐府民歌

忆梅下西洲，折梅寄江北。
单衫杏子红，双鬓鸦雏色。
西洲在何处？两桨桥头渡。
日暮伯劳飞，风吹乌臼树。

树下即门前，门中露翠钿。
开门郎不至，出门采红莲。
采莲南塘秋，莲花过人头。
低头弄莲子，莲子清如水。

置莲怀袖中，莲心彻底红。
忆郎郎不至，仰首望飞鸿。
鸿飞满西洲，望郎上青楼。
楼高望不见，尽日栏杆头。

栏杆十二曲，垂手明如玉。
卷帘天自高，海水摇空绿。
海水梦悠悠，君愁我亦愁。
南风知我意，吹梦到西洲。

鸦雏色：像小乌鸦羽毛一样的颜色。形容女子的头发乌黑发亮。
伯劳：鸟名。
乌臼（jiù）：乌桕树。
翠钿（diàn）：用翠玉做成或镶嵌的首饰。
望飞鸿：望飞雁，希望鸿雁传书。

大诗兄说

今天的南京城,是南北朝时期宋齐梁陈这四个朝代的都城,叫建康。出建康城西门,长江之中有一块冲积沙洲,当时的人们都叫它西洲。长江泥沙富含营养,西洲成了一块沃土,是动植物的乐园。

早春时节,红梅绽放,渔家女摇船登西洲,折下一枝梅花,再把船儿摇到对岸的江北(现在叫浦口),将梅花送给住在这儿的心上人。

夏天的时候,沙洲上一大片青纱帐、芦苇荡,随风摇摆。伯劳鸟儿飞过,乌桕树绿叶婆娑。西洲上有几处浅滩,不知道哪一年哪一月,有人丢弃了几颗吃剩的莲蓬,居然就生长出一片茂盛的荷花。

夏末秋初,姑娘摇船来到西洲,采集莲蓬。她剥出青青的莲子,出神地凝视着这纯净无瑕的莲子。她觉得莲子就像这青草沙中的清水。

秋色渐浓,鸿雁从北方飞来,把一行行影子投在江面上。姑娘仰视飞鸿。听说鸿雁是邮差,会帮人带信。不过,姑娘从来没有等到过一封书信。其实,自从送了梅花之后,她再也没有见过他。

这首民歌好长啊!它就得这么长,否则怎么能把西洲姑娘的"四季相思之歌"唱完呢?

田园乐七首·其三

唐 / 王维

采菱渡头风急，
策杖林西日斜。
杏树坛边渔父，
桃花源里人家。

杏树坛边渔父：《庄子·渔父》中讲述了一个虚构的故事，孔子坐于杏坛之上休息，弟子读书，孔子弦歌鼓琴，奏曲未半，有渔父下船而来，左手据膝，右手持颐以听。

这是一首六言诗。六言诗就像动物界的白老虎、植物界的黑牡丹,是古诗词里的珍稀品种。

　　西风起。西风是秋天的号角。老王手持藤杖,站在风口里看夕阳。好一幅静美的乡村田园景色,他感觉自己就像在孔子杏坛中蹭课听的老渔夫,像陶渊明笔下误入桃花源的渔人。

　　曾经白花点点的菱角,曾经嫩得能掐出水的果实,如今变成了紫红色,匍匐在锯齿形的叶子底下。老王知道,吃老菱角红烧肉的季节到了。

　　采菱女乘着猪腰子形状、足以容纳两个人的大木盆,划入菱塘深处。纤纤素手捞起带叶的菱角,熟练地采摘下老菱,堆在木盆的另一边。菱角锋芒毕露,宛如针锥,不时扎痛姑娘的手。

　　采菱女一天的劳作,收获满满,手上也伤痕累累。那个年代没有橡皮手套,没有创可贴。诗人眼里唯美的诗情画意,都是骗你们城里人的……

秋浦歌（二首）

唐 / 李白

渌水净素月，月明白鹭飞。
郎听采菱女，一道夜歌归。

秋浦田舍翁，采鱼水中宿。
妻子张白鹇，结罝映深竹。

渌（lù）水：清澈的水。
妻子：妻子和儿子。
白鹇（xián）：大型鸟类，也叫"白雉"。
罝（jū）：捕捉兔子的网，泛指捕鸟兽的网。

大诗兄说

秋浦在今安徽池州一带,位于长江南岸,是一处美丽的水乡。李白很喜欢秋浦这个地方。大诗仙表达喜爱的方式,就是写很多很多的诗。《秋浦歌》,李白一共写了十七首。我们这里选的,是其中两首。

你从这两首诗里看到了什么?大诗兄看到的是,夏末秋初时光,寻常老百姓一家四口人平静而平和的日常生活。他们从事的是名副其实的"大农业",农林牧副渔,一样也不耽误;他们身处的山水林田湖,就是一个完美的生命共同体。

你看,田舍翁,也就是耕田种地的老头儿,兼职捕鱼。傍晚下了网,和衣睡在船上,梦里都是起网时鱼儿乱蹦乱跳的场景。妻子和小儿子也没有闲着,拿了一张网,跑到竹林深处,张网捕山鸡。

家里的大闺女,刚刚二八年纪,生得俊俏,跟邻居女伴一起去菱塘采菱角。暮色低垂,炊烟四起,白鹭掠过银盘一样的大月亮。村里的小伙子在附近打柴,听着女孩们的采菱歌,一副心神不定的模样。

清浅白石滩，绿蒲向堪把

白石滩

唐 / 王维

清浅白石滩，绿蒲向堪把。
家住水东西，浣纱明月下。

蒲（pú）：一种水生草本植物，叶长而尖，可用来制作席、蒲包等。
向堪把：差不多可以用手握住，可以采摘了。向：临近，将近。
浣（huàn）：洗。

立秋 给孩子的节气古诗词 秋

李白喜欢秋浦这个地方，一口气写了十七首《秋浦歌》。王维更胜，他实在太喜欢辋川这个地方，写了一部《辋川集》，一共二十首诗。《白石滩》是其中的一首。

大诗兄特别想跟你讲的,是"绿蒲向堪把"中的"蒲"。蒲是什么?说起来其实不陌生,你见过蜡烛草么?这种多年生浅水植物,高大青绿,在夏秋之际长出一种很像蜡烛——或者说更像腊肠——的果穗。小朋友们把它摘下来,追逐打闹、敲敲打打,不但不疼,反而有一种被按摩的舒适感。

　　古人夏天睡的草席,摆在案几旁供人跪坐的蒲团,就是由蒲草编成的。白石滩附近,家住水东水西的姑娘们,时常来水岸边浣纱。洗完衣服,再用精巧锋利的小镰刀采割一些蒲草,在清溪中涤荡干净。晾晒数日,便可以编制各样器物。

积雨辋川庄作

唐 / 王维

积雨空林烟火迟，
蒸藜炊黍饷东菑。
漠漠水田飞白鹭，
阴阴夏木啭黄鹂。
山中习静观朝槿，
松下清斋折露葵。
野老与人争席罢，
海鸥何事更相疑。

辋（wǎng）川：在今陕西蓝田终南山中，是王维隐居之地。
藜（lí）：一年生草本植物，嫩叶可食。
黍（shǔ）：谷物名，古时为主食。
饷（xiǎng）东菑（zī）：给在东边田里干活的人送饭。饷：送饭食到田头。菑：已经开垦了一年的田地，此处泛指农田。
啭（zhuàn）：小鸟婉转的鸣叫。
槿（jǐn）：植物名。落叶灌木，其花朝开夕谢。
露葵：经霜的葵菜，不是向日葵。葵为古代重要蔬菜。
争席：典出《庄子·杂篇·寓言》。杨朱去从老子学道的路上，旅舍主人欢迎他，客人都给他让座；学成归来，旅客们却不再让座，而与他"争席"，说明杨朱已得自然之道，与人们没有隔膜了。
"海鸥"句：典出《列子·黄帝篇》。海上有人与鸥鸟相亲近，互不猜疑。一天，其父要他把海鸥捉回家来，他又到海滨时，海鸥便飞得远远的，心术不正破坏了他和海鸥的亲密关系。

大诗兄说

辋川就是王维的命根子。没有辋川,就没有我们熟知的那个恬淡、闲适、热爱自然、与世无争的王维。夏末秋初的辋川,极美。树木高大葱茏,黄鹂鸟儿宛转鸣叫;一片深绿色的水稻田,长腿的白鹭在其间跋涉,不时用长嘴巴东啄啄,西啄啄,一转眼又张开修长的翅膀,飞上树梢。黄鹂鸟吃了一惊,展开小翅膀飞离,在空中划出完美的函数曲线。

白鹭与水田,是一种深度共生关系。水稻生长的时候,它们在田里捉鱼、捉虾、捉虫子;收割后水稻田翻耕时,它们跟在耕牛的后面捡稻谷吃,或者蹲在牛背上休息。

王维看到的,可能不只有白鹭。生态学知识告诉我们,秦岭脚下、辋川一带,有世界上最珍稀、可能也是最美丽的水鸟——朱鹮。它的身体是白的,头、脚和喙尖却是令人惊艳的彤红色。

老王在辋川,终日吃斋念佛。吃的什么斋?最新鲜的食材:蒸藜,清蒸的嫩野菜;炊黍,柴火灶煮熟的黄粱饭;露葵,经霜的葵菜,正像今天流行的一种"冰菜"。

老王刚来辋川的时候,乡民对他是尊重而带一些隔膜的。过了些日子,村民看出来老王是个挺随和的夫子,也不讲究了,也不顾忌了,吃饭喝酒争席子、抢杯子,闹哄哄一片。老王想:这不正是我想要的生活吗?

西江月·夜行黄沙道中

宋 / 辛弃疾

明月别枝惊鹊，
清风半夜鸣蝉。
稻花香里说丰年，
听取蛙声一片。

七八个星天外，
两三点雨山前。
旧时茅店社林边，
路转溪头忽见。

稻花香里说丰年，听取蛙声一片

立秋

黄沙：黄沙岭，在今江西，辛弃疾当时住在黄沙岭附近。
茅店：茅草盖的乡村客店。
社林：土地庙附近的树林。社，土地神庙。
见：同"现"，显现，出现。

大诗兄说

夏末秋初，宁静的夜。万物仿佛沉睡，其实可能只是"假寐"。惊鹊、鸣蝉、蛙声，包含了丰富的生态学常识。实际上，除了枝头的鹊鸟，辛弃疾未必能亲眼见到藏在暗处的知了和青蛙，感知这些生物，更多的是靠听觉。惊鹊之所以引起他的注意，主要也是飞离枝头那一刻的鸣叫。我们还可以脑补，水稻田里和附近的小溪边，藏着很多白鹭，它们单脚独立，把头插在自己的翅膀里休憩；听到动静，白鹭"扑刺刺"地飞起，在空中盘旋，又落在更远处的稻田里。这就是王维笔下的"漠漠水田飞白鹭"。

"稻花香里说丰年"是视觉的体验，更是嗅觉的体验。千百年来，水稻是中国人，特别是淮河以南中国人的主食。晚夏的稻田，白天是酷暑闷热的，夜晚是清风拂面的。细小的稻花，在微风下各自授粉，一点点飘落在稻田下平静的水面上。这水面，也只有一指深浅。稻花是小鱼儿、泥鳅和螃蟹的食物。在当代，小龙虾也是稻田里的常客，但那时候还没有，它是近代才来到中国的。

稻谷在灌浆，还不够丰满，但是秋天的丰收已经可以预期。行走在稻田边，手脚可能会被长满毛刺的稻叶勾住、划出白痕乃至血痕，请你不要介意。

迢迢牵牛星

汉 / 古诗十九首

迢迢牵牛星,皎皎河汉女。
纤纤擢素手,札札弄机杼。
终日不成章,泣涕零如雨;
河汉清且浅,相去复几许!
盈盈一水间,脉脉不得语。

迢迢(tiáo):遥远。
皎皎(jiǎo):明亮。
擢(zhuó):伸出。
素手:白皙的手。
札札(zhá):织布的声音。

机杼(zhù):织机和梭子。
章:布匹的纹路。
泣涕(tì):哭泣的眼泪。
盈盈:清澈、晶莹的样子。
脉脉(mò):默默地用眼神或行动表达情意。

农历七月初七,中国传统的七夕节,又叫乞巧节。这个节日,一般都在立秋和处暑两个节气之中。

话说,在银河的两边,有两颗很亮的星星,它们就是——牵牛(牛郎)星和织女星。每年七夕,牛郎和织女会进行一年一度的相会。他们俩的故事,至少从汉朝就开始流传。所以,《古诗十九首》里面,就有了这一篇。

迢迢、皎皎;纤纤、札札;盈盈、脉脉……读这首诗,是一种如泣如诉、肝肠寸断的感觉。唧唧复唧唧,织女的纤纤素手,终日在机杼上穿梭。织女本是小仙女,但仙女无法淡定。终日劳作,竟然织不出一段完好的布匹。心神不宁,泪下如雨。分离的日子很痛苦,即将重逢,心中更是五味杂陈。这一年一天的相见,固然值得期待,但何尝不是西西弗斯向山顶推滚石一样的煎熬?仙人长生不老,长寿却是最残酷的惩罚,没有人世间"来世相见"的期待。清清浅浅的银河,盈盈一水之间,相见时难别亦难,相顾只有脉脉无语……

讲了这么多,都是建立在玉皇大帝或者王母娘娘棒打鸳鸯的情节设定之上。我们可以看看另外一个版本的故事情节,这也是古人笔记里记载的:

天河之东有织女,天帝之女也,年年机杼劳役,织成云锦天衣,容貌不暇整。天帝怜其独处,许嫁河西牵牛郎,嫁后遂废织衽。天帝怒,责令归河东,许一年一度相会。

这个故事提供了另一种视角:原来,织女是"女大不由爷";天帝,一会儿疼女儿,一会儿是"霸道爸爸",这种任性,很像古希腊神话里的宙斯。

秋雨秋凉

08月22日 - 08月24日

处暑是秋季的第二个节气。每年阳历8月23日前后，农历七月中旬，太阳到达黄经150°时开始。「处暑」这两个字如何理解？《月令七十二候集解》中说：「七月中。处，止也，暑气至此而止矣。」暑气消散，秋凉日深，秋意也越来越浓。

鹧鸪天

宋 / 苏轼

林断山明竹隐墙。
乱蝉衰草小池塘。
翻空白鸟时时见,
照水红蕖细细香。

村舍外,古城旁。
杖藜徐步转斜阳。
殷勤昨夜三更雨,
又得浮生一日凉。

鹧(zhè)鸪(gū):一种鸟类。鹧鸪天是词牌名。
红蕖(qú):红荷花。
藜:一种野生植物,茎直立,嫩叶可吃。茎可以做拐杖。

大诗兄说

处暑是秋天的第二个节气。处暑就是"出暑"的意思，天气不会再怎么热。"一层秋雨一层凉"，用苏东坡的话来说，就是"殷勤昨夜三更雨，又得浮生一日凉"。昨天夜里的雨下得勤快，早上起来，只见碧空如洗，白云悠悠，凉风习习。

苏东坡这首词是在黄州时写的。研究东坡先生的任意一样物件，都能发现他的生活态度。譬如拐杖，春天的时候是"竹杖芒鞋轻胜马"，竹子做的；秋天的时候是"杖藜徐步转斜阳"，换了根藜木的，拐杖的手柄处已经被摩挲得光滑透亮。这是一种不将就的生活态度。

初秋的田园，自有它的趣味。小池塘里乱草丛生，花期长达数月的红莲正在努力站好最后一班岗。白鹭一飞冲天，灰鹧鸪躲在草丛里嘀嘀咕咕。茅舍后的土墙根，蹿出几株竹子，掩映了颓败的墙头。几只知了，有一搭没一搭地鸣唱着。秋日的蟋蟀跃跃欲试，正准备取而代之。

诏问山中何所有赋诗以答

南朝 / 陶弘景

山中何所有,岭上多白云。
只可自怡悦,不堪持赠君。

诏(zhào):帝王所发的文书命令。
怡悦:取悦;喜悦。

初秋时节,天气甚佳。住在大城市里的人们,都在朋友圈里狂刷蓝天白云。这只能说明一点,大家平时见到如此美丽天象的机会,确实少得有点可怜。古人有句话,叫作"蜀犬吠日,吴牛喘月":蜀(四川)地平时很少见到太阳,出太阳了狗都要叫;吴(江南)地夏天很热,水牛看到月亮都当作太阳,气喘吁吁。

  陶弘景是南北朝时期的南朝人。他的好朋友萧衍原本是位大将军,后来自己上位做了开国皇帝,三番五次请陶弘景出山。老陶不干,隐居山中,一心炼丹。皇帝问他:你那个破山里头,能有个啥?答:啥也没有。这里没有楼堂馆所,没有锦衣玉食,唯独不缺的,就是蓝天白云。但是老陶喜欢。

  你们待在大城市里面,人烟稠密,人们生火做饭、烧柴取暖、车马喧嚣、红尘滚滚,蓝天白云恐怕是个稀罕物吧!达官贵人什么金银财宝都可以往家里搬,就是这蓝天白云,你们搬不去。

  萧衍当了四十多年皇帝,最后被叛军软禁在皇宫里饿死。老陶在山里隐居了四十多年,善终。当老萧失去自由、独坐宫中的时候,说不定会向往大山里自由自在的白云。

空山不见人，但闻人语响

鹿柴

唐 / 王维

空山不见人，但闻人语响。
返景入深林，复照青苔上。

鹿柴（zhài）："柴"同"寨"，栅栏。这里是地名。
返景：夕阳返照的光。"景"通"影"。

大诗兄说

王维的隐居地辋川在终南山下。终南山里虽然隐士多，但根据大诗兄估算，平均一平方公里也不到一位隐士。就跟野生老虎似的，隐士们也都有各自的"地盘"。

辋川，就是老王的地盘。鹿柴，是辋川境内的一处小所在。就跟辛夷坞、白石滩一样，这里平时人迹罕至。空山不见人，只有偶尔的两声鸟鸣。突然听到有人在说话，胆小的梅花鹿撒腿就跑。小灰兔、小松鼠都放下了手中的活计，两脚蹲地、两手悬空，脑袋左顾右盼，嗖地一蹿，也没了影子。山鹧鸪、黄鹂鸟迅速转移到较远的树梢上。只有猫头鹰用两只爪子攥着松枝，不为所动，闭目养神。

正午已过，密林之上，太阳转过头顶，斜斜的树影映照在青苔上。青苔上，似乎还有一行木屐印。

"走了走了，没事了。"动物世界里互相转告。小灰兔回到原来的地方，继续吃剩下的半个蘑菇。

寻隐者不遇

唐/贾岛

松下问童子，言师采药去。
只在此山中，云深不知处。

处暑

给孩子的节气古诗词 秋

贾岛曾经当过和尚,有诗为证:僧敲月下门。拿不准用"推"还是用"敲"更好,他曾纠结了很长时间,估计是一位处女座。

贾岛要去求访的隐者,很可能是一位道士。因为住在山里、养着小童、隐者、采药,符合这几样条件的,十之八九是道士。

中国人有着悠久的采药、制药传统,传说中的神农尝百草就是。中药的来源主要有三种。其一,植物的根、茎、花、果等部位,比如大家耳熟能详的板蓝根、黄连。其二,动物身体的某个部位或者分泌物,比如麝香、牛黄。其三,矿物质,人们从这里没有炼出什么合格的仙丹,却误打误撞制成了炸药。"炸药"的"药"字,道出了它的起源。

最有成果的药学探索,还是来自植物。而上好的药用植物,大多长在深山里面。童子的师父去采药。人在哪儿?小童说:不知道,因为云雾缭绕,信号也不好。采的什么药?小童说:我知道,青蒿。贾岛点点头,心想:不过也是一种蒿草,能有什么神奇的疗效?他没有想到,一千多年后,呦呦鹿鸣的中国人从这里面提取出了青蒿素,惠及天下众生。

竹里馆

唐 / 王维

独坐幽篁里,弹琴复长啸。
深林人不知,明月来相照。

幽篁(huáng):幽深的竹林。

明月夜,小竹林,一片寂静。幽深处,传来流水一般的古琴声。虽然看不到演奏人员,但是你晓得,琴是好琴,人是高人。你正在侧耳倾听,接下来,传来的却是一阵清亮的人声长啸:"噫吁嚱(xī)……"中气十足,极具穿透力,竹叶都在微微颤动,刚刚打盹的小鸟睡意全无。这一静一动,猛虎下山的气势也不过如此吧?

  你也许还很好奇:这长啸是怎么个"啸"法?其实,有很多人在考证这个问题。有人说,长啸就是吹口哨。大诗兄觉得,弹琴是相当高雅、庄重的事情,琴声是多么有穿透力,口哨那么飘,怎么压得住?有人说,长啸就是放声高歌、吟唱。这种解释,大诗兄接受。你听过贝多芬的第九交响曲《欢乐颂》吧?我猜想,大概就是那种效果。

栾家濑

唐 / 王维

飒飒秋雨中,浅浅石溜泻。
跳波自相溅,白鹭惊复下。

栾家濑(lài):辋川地名。濑,从沙石上流过的急水。
飒飒(sà):形容风雨吹打树木枝叶的声音。

天空布满铅灰色的云，正下着迷迷蒙蒙的雨，偶尔有凉凉爽爽的秋风吹过。辋川河的上游是山中的数条小溪。溪水在栾家濑这个地方汇集，水势渐渐涨了起来。铺满灰白色石头的河底，留不住一滴水。清凉的溪水哗哗作响，碰到水中央的大石块，溅起阵阵水花；石块旁边的水流却甚是平稳，像随着水流缓缓波动的薄纱。

  水至清则无鱼，不仅是因为太清的水里缺乏营养物质，还因为毫无遮挡，鱼儿被天敌看得太明白。你看，细细长长的小鱼，拼命逆流而上，或者索性顺流而下。一旁的白鹭仿佛天生的数学家和物理学家，早就计算好了水中光线折射的角度，一嘴下去一个准。唯一能够打断这吃货作业的，是冷不丁高高溅起的水花。

  白鹭是唐诗中的"最佳动物演员"，没有它们，很多好诗都没法完成。比如春天里张志和的"西塞山前白鹭飞"，杜甫的"一行白鹭上青天"，比如秋天里李白的"白鹭下秋水，孤飞如坠霜"，还有王维的"跳波自相溅，白鹭惊复下"。

  头顶两条长羽，恰如两根小辫儿，白鹭真是可爱。大诗兄估计，在我们中国，叫作"白鹭洲"或者"白鹭岛"的地方，可能不下一百处。

青山横北郭,白水绕东城

送友人

唐 / 李白

青山横北郭,白水绕东城。
此地一为别,孤蓬万里征。
浮云游子意,落日故人情。
挥手自兹去,萧萧班马鸣。

郭：古代在城外修筑的一种外墙。
蓬：一种植物，干枯后根株断开，随风飞旋，也称"飞蓬"。诗人用"孤蓬"喻指远行的朋友。
征：远行。
兹（zī）：此，这里。
萧萧：马的嘶叫声。
班马：离群的马，这里指载人远离的马。班，分别；离别。

　　在人类文明发展史上，狗和马这两种动物，是与人类心灵最为相通的朋友。《忠犬八公》《马语者》这些电影是依据真实故事改编的。古时，如果一个人对另一个人说，"愿效犬马之劳"，那就是回报友情或者恩情的最高表态，没有之一。

　　当两个人成为莫逆之交，他们的狗或者马，一般也会发展出非凡的友谊。所以，当李白与他的朋友分别的时候，人类倒是蛮潇洒的，"挥手自兹去"，挥一挥手，后会有期；两匹曾经朝夕相处的马不忍分离，它们不晓得此生能不能再见或何时能够再见，它们碰碰鼻子、摇摇耳朵、扭扭脖子、仰天长啸，显得如胶似漆、难舍难分！

　　这种将要分别的马，李白把它们叫作"班马"。"班"就是分离、离别的意思，比如"班师"就是军队离开驻地。

　　青山、白水、浮云、落日，这是太白与友人、班马与班马之间的秋日私语。

晴空一鹤排云上，便引诗情到碧霄

秋词

唐／刘禹锡

自古逢秋悲寂寥，
我言秋日胜春朝。
晴空一鹤排云上，
便引诗情到碧霄。

处暑

寂寥（liáo）：孤寂，萧条。
春朝：春天。
排：推开。
碧霄（xiāo）：青天。

刘禹锡写过很多秋天的诗,比如《西塞山怀古》里的"人世几回伤往事,山形依旧枕寒流";比如《石头城》里的"淮水东边旧时月,夜深还过女墙来",也是一副悲伤寂寞的腔调。不过,当老刘看到秋日的朗朗晴空、鹤舞翩跹,立即舒展愁眉,开心起来,并且正式宣布:秋日胜春朝。

鹤能够给人带来积极的心理暗示。在中国的传统文化中,鹤是一种吉祥物,一般要冠以"仙"字。看到了鹤,一般都能沾沾喜气。很多诗人写过黄鹤楼,这栋楼为什么名气这么大?"昔人已乘黄鹤去,此地空余黄鹤楼",就是因为传说曾有仙人在黄鹤楼骑鹤升天。鹤还是一种气质的象征。南宋的林逋,号称"梅妻鹤子",就以鹤为子。

跟其他水禽比起来,鹤有两点比较特别:其一,它的体形很大,所以才有"骑鹤"的传说。你没听说过"骑鹭""骑鸥"吧?中国人喜欢鹤,西方人喜欢天鹅,这两种动物都是比较大型的水禽。其二,鹤的羽毛大多是黑白相间,以白色为主,这既能体现它的高洁气质,又不会显得过于单调。

空山新雨后，天气晚来秋

山居秋暝

唐 / 王维

空山新雨后，天气晚来秋。
明月松间照，清泉石上流。
竹喧归浣女，莲动下渔舟。
随意春芳歇，王孙自可留。

处暑

给孩子的节气古诗词 秋

暝（míng）：日落，天色将晚。
喧：喧哗，这里指竹叶发出沙沙的声响。
浣（huàn）女：洗衣服的姑娘。浣：洗涤衣物。
随意：任凭。
王孙：原指贵族子弟，后来也泛指隐居的人。

  初秋,空灵的山谷。刚刚下过一场雨。一层秋雨一层凉。老王在单衣外面披了一件蓑衣,戴着一顶斗笠。空气很清新,有一股淡淡的草木香气。雨后的傍晚,夕阳的光线温柔地斜穿过松树林,天边有火烧云。

  太阳收掉了最后一抹余晖,暮色降临。

  月出惊山鸟。月光穿过松林,林间笼罩着一层雾霭。小溪流的声音,潺潺不断。水花在嶙峋的石岸上溅开,溪底的水在石头上无声流淌。鞠一捧水,洗面、漱齿,清冽中有点甜。

  辋川村的存在,全依赖这条辋川河。山上的溪水流到村边,依旧清澈见底。在上游,村民们拿着木桶来汲水饮用,拎着竹篮来洗菜淘米。下游,人们用青石块拦起一座小水梁。姑娘们每天清晨穿过一片小竹林,一路嬉戏欢笑,来这里洗衣、捣练。

辋川闲居赠裴秀才迪

唐 / 王维

寒山转苍翠,秋水日潺湲。
倚杖柴门外,临风听暮蝉。
渡头馀落日,墟里上孤烟。
复值接舆醉,狂歌五柳前。

裴(péi)迪:诗人,王维的好友。
苍翠:青绿色。苍为灰白色,翠为墨绿色。
潺(chán)湲(yuán):水缓缓流淌。
暮蝉:秋后的蝉。
墟里:村落。
值:遇到。
接舆(yú):接舆是春秋时期的楚国人,假装疯狂,不愿做官。在这里以接舆比喻裴迪。
五柳:东晋时期隐逸诗人陶渊明的自号。这里诗人用陶渊明自比。

大诗兄说

　　空气开始变得有些冷冽,山形清寒,高大乔木的叶子已经变黄或变红。通体金黄色的那几棵树,是银杏。针叶树木依旧苍翠,它们会绿过整个秋天和将要来临的冬天。

　　辋川渡口,夕阳西下。辋川河水,缓缓流淌,有一种秋天特有的从容。夏天曾有的最大水量已经落下,石头上还有河水消落留下的白痕。

　　倚杖靠在柴门边,秋风过耳。脚边是一堆劈好的木柴,原木的芬芳钻入鼻孔。曾经在夏天那么聒噪的知了,只剩下微弱的鸣叫。大树下,每天总会落下几只寒蝉,一动不动。远远近近的农家都开始烧火做饭,炊烟随风飘散。人们可以闻见草木灰的香气。

　　裴秀才是老王最好的朋友,又喝醉了酒,自己打着节拍,边走边唱,狂歌乱舞。正在烧火做饭的村妇,丢下灶头的活计,跑出来看笑话。村童跟在裴秀才身后,有样学样地手舞足蹈。

归园田居·其三

东晋 / 陶渊明

种豆南山下，草盛豆苗稀。
晨兴理荒秽，带月荷锄归。
道狭草木长，夕露沾我衣。
衣沾不足惜，但使愿无违。

荒秽（huì）：形容词作名词，荒芜，指豆苗里的杂草。秽：肮脏。
荷（hè）锄：扛着锄头。荷，扛着。

"种豆南山下,草盛豆苗稀。"短短十个字,你可能觉得平淡无奇,但是大诗兄告诉你,这里包含了相当丰富的信息。先说这"南山",是哪里的南山?陶渊明所处的东晋王朝偏安江南,他种豆子的南山下,就是今天的江西庐山脚下。他隐居的柴桑县,就在庐山一带。

我们再说这个"豆"。豆,是中国古代五谷稻、黍、稷、麦、菽中的"菽",也就是大豆。中国是大豆的原产地,先秦史书《左传》中就有"菽麦不分"的说法,可见种植时间之早。在陶渊明所处的时代,中国人很可能已经吃上了豆腐、喝上了豆浆。

相比当官,陶渊明更愿意当农民。不过,他虽然披星戴月地耕种,"晨兴理荒秽,带月荷锄归",但实际效果是"草盛豆苗稀",草长得比豆苗还高!但陶渊明在乎的是过程,不是结果。

"道狭草木长,夕露沾我衣。"多美的意境。秋日的黎明或者傍晚,你行走在乡野田间,踏着枯黄的野草,裤脚管掠过两旁的蒿草。你听着秋虫的鸣叫,小蚱蜢四处逃散,鹧鸪倏忽从草丛中飞出。你不经意低头一看,鞋子、袜子、裤脚,全部湿透了。衣服被露水沾湿也没关系,我只要过我想过的生活就会悠然自得。

更深露重

09月07日 — 09月09日

白露是秋季的第三个节气。每年阳历9月8日前后,农历八月左右,太阳达到黄经165°时开始。《月令七十二候集解》中说:『白露,八月节。秋属金,金色白,阴气渐重,露凝而白也。』这时,不少地方已经开始出现露水。

露从今夜白，月是故乡明

月夜忆舍弟

唐／杜甫

戍鼓断人行，边秋一雁声。
露从今夜白，月是故乡明。
有弟皆分散，无家问死生。
寄书长不达，况乃未休兵。

白露

给孩子的节气古诗词 秋

舍弟：谦称自己的弟弟。
戍（shù）鼓：戍楼上的更鼓。戍，驻防。
断人行：指鼓声响起后，就开始宵禁。
边秋：边塞的秋天。
露从今夜白：指在节气"白露"的一个夜晚。
况乃：何况是。
未休兵：战争还没有结束。

据说,白露是一年中昼夜温差最大的时节。虽说"秋要冻,春要捂",大家晚上睡觉还是盖一条薄被子,不要跟白鹭一样浸在白露一样的凉水里面。

要知道,我们今天有房子住,有被子盖,是一种安稳的幸福。杜甫写这首诗的时候,也许有这样的奢望,但是条件不允许。

大诗兄有一个判断:杜甫是有史以来、古今中外最有文学成就的难民。秋天的寒夜,安史之乱带来的战事仍在继续,战鼓声不时传来,秋雁声声,催人泪下。杜甫住在难民营中,躺在四处有破洞的帐篷里,可以直接看到天上的月亮。白月光下,露珠也泛着白光。

《月夜忆舍弟》中,"露从今夜白,月是故乡明",看到露珠的夜晚,杜甫想到了自己的弟弟,这是兄长对于家族的责任与情感;另一首《月夜》中,"香雾云鬟湿,清辉玉臂寒",看到秋雾的夜晚,杜甫想到了自己的妻子儿女,这是顶梁柱对于家庭的责任与情感。在这样一个有寒意的秋夜,杜甫,难民中的暖男,您给后人送来阵阵暖意!

百忧集行

唐 / 杜甫

忆年十五心尚孩,
健如黄犊走复来。
庭前八月梨枣熟,
一日上树能千回。
即今倏忽已五十,
坐卧只多少行立。
强将笑语供主人,
悲见生涯百忧集。
入门依旧四壁空,
老妻睹我颜色同。
痴儿不知父子礼,
叫怒索饭啼门东。

心尚孩:心智还未成熟,还像一个小孩子。
黄犊(dú):小黄牛。
倏(shū)忽:很快,一转眼。
颜色:脸色。

　　杜甫的这首诗,我只喜欢前四句。不是说后面写得不好,是后面写得太惨,不忍去读。五十岁时回忆十五岁时的光景,从小康人家坠入困顿,放谁身上,心情都不会好受。

　　杜甫就是这样。年少时光,出身官宦世家,身处开元盛世,"忆昔开元全盛日",满满的都是美好回忆;中年以后,身逢安史之乱,携家带口四处漂泊,饱一顿、饥一顿,贫贱夫妻百事哀。

　　还记得年少时阳光灿烂的日子吗?就像老电影在回放。秋日的光景中,一个十四五岁的少年向我们跑来。他浑身都是使不完的劲儿,结实得就像一头健壮的小黄牛。少年露出少不更事的笑容——太平日子里长大的孩子,都没啥心眼儿。

　　白露节气过后,正是秋高气爽的农历八月,你看庭院里果实累累:大黄梨挂满枝头,沉甸甸地坠下来。大青枣开始泛红,这种颜色太好看,人们就叫它"枣红"色。据大诗兄了解,好吃的梨子,有产自河北昌黎的,产自安徽砀山的,还有江浙一带的"翠冠梨";好的大枣,是山东乐陵枣、陕北"狗头枣",还有新疆和田大枣……

　　吃,当然是一种享受;采摘,更是一种乐趣。"一日上树能千回",虽然是夸张,但是馋到什么程度,由此可见一斑。看到这里,我们都笑了:原来诗圣杜甫的少年时光,跟我们也一样啊!

思吴江歌

西晋 / 张翰

秋风起兮木叶飞,
吴江水兮鲈正肥。
三千里兮家未归,
恨难禁兮仰天悲。

张翰:字季鹰,西晋吴郡人,家住吴江(即吴淞江)、太湖间,曾在西晋都城洛阳为官。
吴江:今吴淞江,源头在苏州太湖,下游就是今上海苏州河。
鲈:鲈鱼,一种头大口大、体扁鳞细、背青腹白、味道鲜美的鱼,一般生活在咸淡水交汇处。

秋风起兮木叶飞,吴江水兮鲈正肥

你可能听说过"莼菜鲈鱼"的典故。在古代,如果一个人在异乡打拼,特别是江南人士,别人总是问他飞得高不高,从不问他飞得累不累,他就会感慨道:哎呀,我思念家乡的莼菜鲈鱼呀,何时能够回乡养老呀!

这个典故的出处,就在这里。张翰是西晋时期人士,老家在吴江岸边。吴江就是今天的吴淞江(苏州河),它从太湖发源,流入今上海境内,然后注入黄浦江。

吴江是江南水乡,记忆中的儿时味道都跟水产有关:莼菜,一种水生植物,叶片卷曲滑嫩,莼菜银鱼羹、莼菜豆腐羹都很美味;鲈鱼,长江与东海孕育出的一种鱼类,肉质细嫩肥美,清蒸鲈鱼很好吃。这些东西,都是"秋风起兮木叶飞"时的最佳美味。其实,张翰也许同样想念另一道时令美味,就是"秋风起,蟹脚痒"的大闸蟹。

吴江距离洛阳确实有千里之遥。在今天,乘坐高铁往来于两地,也就是几个小时的事情。而在一千多年前的西晋,水陆兼程,没有一两个月,恐怕回不到故乡。再说了,你还不一定有探亲假。交通不方便,也没有食品冷链运输,对一个绝望的吃货来说,正是"恨难禁兮仰天悲"!

不觉碧山暮，秋云暗几重

听蜀僧濬弹琴

唐 / 李白

蜀僧抱绿绮，西下峨眉峰。
为我一挥手，如听万壑松。
客心洗流水，馀响入霜钟。
不觉碧山暮，秋云暗几重。

蜀僧濬（jùn）：名叫濬的四川和尚。蜀，四川一带。
绿绮（qǐ）：相传西汉司马相如有一张叫作绿绮的琴。这里形容琴很名贵。
峨眉：峨眉山，在四川。
万壑（hè）松：指山谷里的松声，这里比喻琴声。壑：山谷。

白露·给孩子的节气古诗词 秋

李白打小就喜欢交朋友。他交友的范围很广，从僧人道士、达官贵人到布衣白丁乃至斗鸡走狗之徒，不拘一格；他交友的标准其实又很高，必须得跟他自己一样，有趣、有才，具备某种特长。比如四川和尚濬，正合他的喜好。

  僧濬是峨眉山的和尚。峨眉山是佛教名山，高僧云集。高僧出场就不一般："蜀僧抱绿绮，西下峨眉峰"，一张琴，极其潇洒地夹在僧袍下，腾云驾雾的仙人一般，举重若轻，飘然而至。

  "为我一挥手，如听万壑松"，一出手，琴艺更加不凡。看似漫不经心地在琴弦上那么一拂、一挥，低沉而极具穿透力的声波滚滚而来，正像遍布峨眉山悬崖峭壁的松林，在初秋的风中发出阵阵松涛。我猜，他们一定是挑选了一个回音和混响效果特别好的山坳，就像我们现代最科学、最讲究的音乐厅一样，才会有这样的效果。

  听音乐应该闭着眼睛听。李白就是这样，闭目，打着节拍，如痴如醉，忘记了时间的流逝。猛然一睁眼，红日西坠，暮霭沉沉。再看老僧，也闭着眼睛自我陶醉呢，果然是高人。

  中国古代的拨弦乐器种类很多，都很有讲究。比如，琴，七弦，声音低沉，你可以"弹琴复长啸"；瑟，二十五弦或者五十弦，李商隐说过，"锦瑟无端五十弦"；筝，个头最大，十二根到二十一根弦，音色清亮。总有一款适合不同的场景，不同的诗作。

峨眉山月歌

唐 / 李白

峨眉山月半轮秋，
影入平羌江水流。
夜发清溪向三峡，
思君不见下渝州。

峨眉山：中国名山，在今四川境内。
平羌（qiāng）：平羌江，即青衣江，在峨眉山东北。
清溪：指清溪驿，在峨眉山附近。
三峡：指长江瞿塘峡、巫峡、西陵峡。
渝（yú）州：治所在巴县，今重庆一带。

据说，这是李白年轻时候，出四川游天下时写的诗。别看他当时年纪不大，气魄大得不得了。什么是盛唐气象？就是每一个人，尤其是每一个年轻人，都有读万卷书、行万里路的豪情壮志，对外面的世界充满好奇，对自己的未来充满信心。

  何况，这不仅是一首诗，这简直就是为旅行社设计了一条经典的四川游线路图：先去峨眉山，与猴子为伍，攀登峨嵋金顶与银顶，看佛光云海。然后泛舟平羌江，也就是今天的青衣江，一路漂流到岷江。岷江岸边，乐山大佛当时正在开凿，能工巧匠就像小蚂蚁一样在巨岩上爬动。经过岷江清溪驿，顺流而下到长江。滚滚长江东逝水，一路带我到渝州，这长江与嘉陵江的交汇处是个好地方，今后必然会有一座大都市，后来，这里果然出现了一座叫作重庆的都市。渝州往东，水流更加湍急，这里是三峡；山高月小，人道"巴东三峡巫峡长，猿鸣三声泪沾裳"，这两岸的猿猴，与峨眉山的猴子，是不是亲戚呢……

  这是秋日的旅行。每一个秋夜，天空一轮明月，从如钩到如弓，从如弓到如盘……轮回往复，日月如梭。

渡荆门送别

唐 / 李白

渡远荆门外,来从楚国游。
山随平野尽,江入大荒流。
月下飞天镜,云生结海楼。
仍怜故乡水,万里送行舟。

荆门:山名,位于今湖北宜都市西北长江南岸,与北岸山峰对峙,地势险要,自古即有楚蜀咽喉之称。
楚国:楚地,指今湖北一带,春秋时属楚国。
怜:怜爱。

也许,这个世界上只有两样事物可以叫作"长江之子":一样是已经被宣告功能性灭绝的白鱀(jì)豚;一样是独一无二的李白。世间再无白鱀豚,世间再无李太白。

李白的故乡在哪里,后人说法很多,但为什么后人都漠视了李白自己说的话呢?"仍怜故乡水,万里送行舟",太白我是四川人!

这是李白青年时候第一次出蜀时的诗作。二十多岁的年轻人,看什么都是新鲜的。我们前面念过他的一首《峨眉山月歌》,"夜发清溪向三峡,思君不见下渝州",那是他顺江而下,刚刚来到三峡;到了写这首《渡荆门送别》的时候,船已经出了三峡,从蜀地进入楚地。荆门山临水耸立,就像大江的门户,穿过这道门户,视野豁然开朗,江面宽到无法想象,旷野平展到天的尽头。哇,原来这就是传说中的江汉平原啊!整个新世界扑面而来。

"山随平野尽,江入大荒流",看到这一句,我老是想到几十年后杜甫写的那句"星垂平野阔,月涌大江流"。荆楚与湖湘,那么广阔的一片地方,就被你们这两句诗给定格了。没有气吞山河的胸怀与气势,怎么会有这么给力的诗句。

夜幕降临,天上一轮明镜,水中一轮秋月。这滔滔江水,伴我从故乡启程,已经流过千万里。

宿五松山下荀媪家

唐 / 李白

我宿五松下，寂寥无所欢。
田家秋作苦，邻女夜舂寒。
跪进雕胡饭，月光明素盘。
令人惭漂母，三谢不能餐。

五松山：在今安徽省铜陵市南。
荀（xún）媪（ǎo）：荀姓人家的老妇人。
寂寥：内心冷落孤寂。
夜舂寒：夜间舂米寒冷。
跪进：古人席地而坐，上半身挺直，坐在足跟上。
雕胡：茭白的穗米果实。
漂母：在水边漂洗丝絮的妇人。《史记·淮阴侯列传》记载，韩信少时穷困，一位"漂母"曾给他饭吃。
三谢：多次推托。

估计很多人跟我一样，读了这首诗，第一个疑问就是：什么是"雕胡饭"？雕胡，其实就是茭白的果实。茭白的茎是一种鲜嫩的食材，而事实上，茭白作为禾本科植物的一种，它跟稻子、麦子、小米一样，其穗米也是一种食材，在古代叫作"菰米"，或者"雕胡"。菰米比稻米要细长，泛着好看的紫色光泽。

五松山，在今天的皖南一带，那里是李白在江南游历的基地。李白是一个行者，就像一直在奔跑的阿甘，永远在路上，有一顿没一顿的。这一年的秋天，他借宿在五松山下荀大娘的家里。大娘家里很穷，但还是给李白置办了一顿"雕胡饭"。"跪进雕胡饭"，不是大娘卑躬屈膝，唐朝人的标准坐姿就是"跪"着。看到这碗饭，饥肠辘辘的李白，感动得眼泪都要掉下来了，劳动人民最淳朴。

雕胡饭真好吃，"月光明素盘"，很显然，李白同学三下五除二就"光盘"了。光溜溜的盘子，在月光下泛着青白色的光泽。大娘慈爱地看着李白吃完这碗饭，就像看着自己的儿子，问："要不要再添一碗？"

"大娘，这怎么好意思！好吧！再来一碗，就一碗……"

城边有古树，日夕连秋声

沙丘城下寄杜甫

唐 / 李白

我来竟何事，高卧沙丘城。
城边有古树，日夕连秋声。
鲁酒不可醉，齐歌空复情。
思君若汶水，浩荡寄南征。

沙丘城：位于今山东西南部的兖州。
汶（wèn）水：山东的一条河流。

总是有人臆测李白和杜甫的关系,说杜甫对李白自作多情,李白对杜甫毫不在乎。评判的依据就是李白写给杜甫的诗很少,杜甫写给李白的诗很多。我只能说,你们只看到表象,没看到本质。大诗兄推荐你看李白的这首《戏赠杜甫》:"饭颗山头逢杜甫,顶戴笠子日卓午。借问别来太瘦生,总为从前作诗苦。"能这么损对方的,感情一定不一般;感情一般的,反倒总是客客气气。

　　李白和杜甫一生中相聚的时间只有一两年。相遇的那一年,李白四十五岁,杜甫三十三岁,大家都是成年人,但是在一起开心得像少年郎一样。他们在今天的河南、山东一带畅游,喝酒一定喝到醉,晚上睡觉盖一床被。

　　第二年秋天,大家各奔东西、各寻前程。李白客居在沙丘城,就在今天鲁西南的兖州一带。那么潇洒的李白,已经年过四旬的李白,第一次感到:没了杜甫这位老弟,好像喝酒也没意思了,听曲儿也提不起兴趣了。夕阳西下,沙丘城外的大槐树,这里是我们分别的地方,当时"挥手自兹去,萧萧班马鸣",如今只听到秋虫的鸣叫。

　　大汶河流水哗啦啦,逝者如斯夫。我对你的思念,就像这永不停歇的汶河水。

　　优秀的人总是互相成就。他们的惺惺相惜,他们的心灵感应,请你一定要明白。

旅夜书怀

唐／杜甫

细草微风岸,危樯独夜舟。
星垂平野阔,月涌大江流。
名岂文章著,官应老病休。
飘飘何所似,天地一沙鸥。

危樯(qiáng):高竖的桅杆。危:高。樯:船上挂风帆的桅杆。

这是杜甫当年从成都出来,顺江而下,四处漂泊,居无定所,在三峡流经的今重庆、忠县一带的江面上写的诗。

　　一家老小挤在一条雇来的客船上。"爸爸去哪儿？"孩子问道。"我也不知道。"老杜说。天空飘来一只沙鸥,降落在摇摆不定的江面上,就像这只客船。它一会儿凫水觅食,一会儿在江心沙洲上假寐。在老杜的眼里,天空飘来的不是一只沙鸥,而是飘来五个字:飘飘何所似……

　　按说,那时候的杜甫,已经是大唐数一数二有名的诗人了。放在今天,肯定是"网红"。但是,兵荒马乱的时代,谁有心情去读诗？谁会帮你去张罗读诗会,出版诗集？名气是挺大,过得很不如意,别说出名、当官,吃饭都成问题！"名岂文章著,官应老病休",老杜是个明白人。

　　话说回来,如果只有情绪的宣泄,老杜就不是老杜,诗也不能成其为诗。搞文字工作的都知道,得有白描呀！这才见功底。"细草微风岸,危樯独夜舟。"这场景,马上就出来了,像电影分镜头一样——最好的诗人,都是最好的观察者。细草、微风,高高的船樯,江面上只有一只小船；船上三五人,江上一沙鸥。

登岳阳楼

唐 / 杜甫

昔闻洞庭水，今上岳阳楼。
吴楚东南坼，乾坤日夜浮。
亲朋无一字，老病有孤舟。
戎马关山北，凭轩涕泗流。

洞庭水：即洞庭湖。在今湖南北部，长江南岸。
岳阳楼：在今湖南省岳阳市，下临洞庭湖，为游览胜地。
吴楚：春秋时期的吴国和楚国，地处长江中下游。
坼（chè）：分裂，划分。这句是说：辽阔的吴楚两地被洞庭湖一水分割。
乾坤：天地，此指日月。
无一字：杳无音讯。字，这里指书信。
戎（róng）马关山北：北方边关战事又起。当年秋冬，吐蕃侵扰唐陇右、关中一带。
凭轩（xuān）：倚着楼窗。轩，有窗的长廊或小屋。
涕（tì）泗流：眼泪禁不住地流淌。涕泗，眼泪和鼻涕。

洞庭湖号称八百里，位于今年的湖南境内，长江南岸。它的前身，是赫赫有名的云梦泽。洞庭湖不仅景色一流，还是长江的"肺"和"肾"，帮助长江吐纳水量、净化水体。洞庭的秋天太美，文人墨客到此一游，都需要MARK（打卡）一下，比如李白、杜甫、孟浩然、刘禹锡……

杜甫这次来得不寻常，来得很凄惶。他是一路逃难到这里的。"昔闻洞庭水，今上岳阳楼。"生长在北方的杜甫，是第一次看到洞庭湖，印象肯定很深刻。在北方，难得见到这样的大泽。

"吴楚东南坼，乾坤日夜浮。"大泽大到什么程度？让人感觉长江中游的楚地和下游的吴地，就是靠着这片水域划分疆界的；乾坤，就是天地，天和地，日日夜夜就在这片水面上漂浮。

"亲朋无一字，老病有孤舟"，想到个人身世，很是伤神。感觉自从离开成都草堂，老杜的最后几年，几乎是以船为家呀！"戎马关山北，凭轩涕泗流"，就算潦倒到这个份上，还想着国家社稷的安危，操心着黎民百姓的幸福。这是老杜的情怀，这不是一般人的境界。

不久之后，老杜死在洞庭、岳州一带。据说，就是死在一条船上的。

望洞庭

唐 / 刘禹锡

湖光秋月两相和，
潭面无风镜未磨。
遥望洞庭山水色，
白银盘里一青螺。

白银盘：形容平静而又清澈的洞庭湖面。
青螺：这里用来形容洞庭湖中的君山。

遥望洞庭山水色，白银盘里一青螺

俗话说得好：春洞庭不如秋洞庭，昼洞庭不如夜洞庭——这句俗话是大诗兄原创的。大文学家来洞庭湖都要吟诗作赋，李杜文章在前头，刘禹锡，只恨自己晚生了很多年，这压力山大啊！

  没关系，你们写洞庭湖的秋日，我就写洞庭湖的秋夜。银盘一般的月亮，悬挂在岳阳楼的上空。天上有个月亮，水中有个月亮，哪一个更大？哪一个更圆？"潭面无风镜未磨"，唐朝时没有玻璃镜，大家用的都是铜镜，磨得越光亮越好。这天上的月亮，就是磨好的铜镜；这水中的月影，因为有细细的水波荡漾，却像一面等待打磨的镜子。

  岳阳楼上饮酒、赏月。湖中的鱼虾螃蟹，正是肥大鲜嫩的时候，装在光滑细致的白瓷盘里，赏心悦目，令人食欲大开。转头远眺月光下的湖面，也正像一个大银盘；远处湖中的君山岛，依稀见得林木苍翠，好似洞庭湖中特产的青螺。

天高气爽

09月22日 —
09月24日

秋分是秋季的第四个节气。秋分在每年阳历9月23日前后，农历八月中旬，太阳达到黄经180°时（秋分点）开始。古书《春秋繁露》中说：「秋分者，阴阳相半也，故昼夜均而寒暑平。」这一天，阳光几乎直射赤道，昼夜几乎等长。此后阳光直射位置更向地球南端移动，北半球昼短夜长。

宣州谢朓楼饯别校书叔云

唐 / 李白

弃我去者，昨日之日不可留；
乱我心者，今日之日多烦忧。
长风万里送秋雁，对此可以酣高楼。
蓬莱文章建安骨，中间小谢又清发。
俱怀逸兴壮思飞，欲上青天揽明月。
抽刀断水水更流，举杯销愁愁更愁。
人生在世不称意，明朝散发弄扁舟。

宣州：今皖南宣城。
谢朓（tiǎo）楼：南朝诗人谢朓任宣城太守时所建。
饯（jiàn）别：以酒食送行。
校（jiào）书：官名，掌管朝廷的图书整理工作。
叔云：李白的叔叔李云。
酣（hān）：畅饮。
蓬莱：本意是指海中神山。东汉时有藏书楼叫"蓬莱山"，这里指校书李云的工作地点。
建安骨：汉末建安年间，"三曹"和"七子"等作家诗文有风骨，后人称之为"建安风骨"。
小谢：指南朝诗人谢朓。后人将他和稍早的诗人谢灵运并称为"大谢、小谢"。
清发：指清新飘逸的诗风。
逸兴：飘逸豪放的兴致。
销：通"消"。
称意：称心如意。
明朝：明天。
散发：不束冠，形容狂放不羁。
弄扁舟：乘小舟归隐江湖。

古人认为,从秋分这一天起,大雁就要打点行装,开始往南飞。在这里,请允许我引用一段话:"秋天到了,天气凉了,树叶黄了。一片片叶子从树上落下来。天空那么蓝那么高,一群大雁往南飞,一会儿排成个人字,一会儿排成个一字。"是不是很熟悉?这段课文,是三十年前小学课本里的,一度消失了,听说现在又回到课堂中了,我很开心。

大雁是候鸟,海陆空三栖,它们是家鹅的老祖宗。雁南飞,这本来是一种自然现象,到了李白的笔下,就显得特别飘逸。又是"长风",又是"万里",还"酣高楼",让读诗的人也感到心胸特别开阔。"俱怀逸兴壮思飞,欲上青天览明月",秋高气爽的好时候,就应当登高远眺、俯仰天地、饮酒赋诗、豪情满腔。

"蓬莱文章建安骨,中间小谢又清发",曹家父子、建安七子、大谢小谢,统统点名,李白是个很自负的人,他觉得,自己就站在这些前辈巨人的肩膀上;"抽刀断水水更流,举杯销愁愁更愁",李白又是个很纠结的人,像我这么有才,咋不上天呢?

秋登宣城谢朓北楼

唐 / 李白

江城如画里,山晚望晴空。
两水夹明镜,双桥落彩虹。
人烟寒橘柚,秋色老梧桐。
谁念北楼上,临风怀谢公。

宣城:位于今天的安徽南部。
谢朓北楼:即谢朓楼,为南朝诗人谢朓任宣城太守时所建。
两水:指宣城的宛溪和句溪。
双桥:指宣城的凤凰桥和济川桥。
谢公:谢朓。

秋高气爽,李白来到宣城谢朓楼,"长风万里送秋雁,对此可以酣高楼";依然秋高气爽,李白又来到宣城谢朓楼。在宣城的日子里,他几乎天天都来谢朓楼。以前只顾着看大雁南飞、高楼酣饮,没有细细观察这谢朓楼附近的胜景。

宣城地处江南丘陵,有的是如画山水。山上有落叶阔叶乔木,譬如梧桐和乌桕,它们的叶子变成金色、黄色、红色;山上有常绿阔叶乔木,譬如橘树和柚树,它们的叶子依旧油绿,大大小小的果实已经挂在枝头。更有一种栾树,秋日开花,一种细细的、明黄色的小花;几乎与此同时,又长出橙红色的果实,一簇一簇、一串一串,一株树便有绿色、黄色、红色三种色彩的搭配。

两条溪水绕城而过,皖南、江南的丘陵地带,多的是这种清冽、多石的溪流,它们都是青弋江的支流。青弋江汇入长江,最终一起汇入大海。溪上各有一座虹桥,虹桥的影子倒映在水中,桥与影拼成一个完整的圆。

"江城如画里,山晚望晴空",这样好的风景,谢朓他老人家已经阅览过,我也就放心了。李白一辈子没有折服过谁,独独对这位谢公,佩服得五体投地。举个例子,"余霞散成绮,澄江静如练",这是谢朓的手笔;"解道澄江静如练,令人还忆谢元晖",这是李白向前辈致敬的诗句。

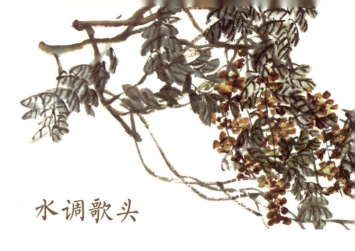

水调歌头

宋 / 苏轼

丙辰中秋,欢饮达旦,大醉,作此篇,兼怀子由。

明月几时有?把酒问青天。
不知天上宫阙,今夕是何年。
我欲乘风归去,又恐琼楼玉宇,高处不胜寒。
起舞弄清影,何似在人间?

转朱阁,低绮户,照无眠。
不应有恨,何事长向别时圆?
人有悲欢离合,月有阴晴圆缺,此事古难全。
但愿人长久,千里共婵娟。

丙辰:指宋神宗熙宁九年(1076年)。这一年苏轼在密州(今山东诸城)任太守。
达旦:到天亮。
子由:苏轼弟弟苏辙的字。
把酒:端起酒杯。
天上宫阙(què):指月中宫殿。
琼(qióng)楼玉宇:美玉砌成的楼宇,指想象中的仙宫。
不胜:经受不住。
朱阁:朱红色的楼阁。
绮(qǐ)户:雕花的窗户。
婵娟:指月亮。

中秋节一般在秋分节气之后。自古以来,写中秋的诗词多如牛毛。但是,苏轼的这首词一出来,很抱歉,其他人几乎等于白写。

  苏轼是一个重感情的人。我们看他写的序文就明白:"丙辰中秋,欢饮达旦,大醉,作此篇,兼怀子由。"这一年是农历丙辰年,苏轼在山东密州(今山东诸城市)任职。这首《水调歌头》是他在中秋夜欢宴大醉之后,因怀念弟弟苏辙苏子由而创作的。

  半醉半醒之间,苏东坡梦游仙境。"明月几时有,把酒问青天"。古人对于月亮和青天,都有过无穷无尽的疑问和想象。越是浪漫的人,越是想得离奇。屈原有《天问》,"日月安属?列星安陈?",太阳月亮和星星,都在哪儿待着呢?李白有"举杯邀明月,对影成三人";唐明皇,据传曾在八月十五游月宫,带回一套《霓裳羽衣曲》的曲谱。苏轼,一边问着青天,一边仿佛被仙人带到了天上宫阙。琼楼玉宇固然好,却是高处不胜寒。玉人起舞,仙乐飘飘,不知是天上,还是人间。

  醉后小寐,神游八极。忽然一个冷战,被秋夜寒露冻醒。再也难以入眠,举目四望,原来已经回到人间。圆月已经转过天顶,走到西边的天空中,愈加低垂,朱阁之上的月光转换了方向,窗棂格栅的精美雕花的影子印在白粉墙上,分外静美。

  亲人不能团聚,心中五味杂陈,有丝丝惆怅。但是,大苏向来不是一个钻牛角尖的人,他是一个善于自我安慰的豁达之人。没有什么事情是能够长长久久、圆圆满满的。人有悲欢离合、月有阴晴圆缺。俗话说得好"月盈则亏",且留个念想。子由吾弟,想当年我送你离开,现在你在千里之外。但是我知道,你也跟我一样,在望着天上的月亮。

望月怀远

唐 / 张九龄

海上生明月,天涯共此时。
情人怨遥夜,竟夕起相思。
灭烛怜光满,披衣觉露滋。
不堪盈手赠,还寝梦佳期。

怀远:怀念远方的亲人。
情人:多情的人。
怨遥夜:因离别而幽怨失眠,以致抱怨夜长。
竟夕:终宵,即一整夜。
怜:爱惜。
滋:湿润。
不堪盈手赠:没法用双手把月光捧给你。盈手:双手捧满之意。
寝(qǐn):睡眠。

十五的月亮十六圆。八月十五中秋前后，应当阖家团圆赏月才是。奈何心中有牵挂的人做不到，漫漫长夜，失眠相伴。

  这一首《望月怀远》，表面上写的是月亮，其实就是一首《失眠者之歌》。当时，张九龄被贬官离开长安，孤单一人，每逢佳节倍思亲。他掐灭了蜡烛准备睡觉，却没有迎来黑暗。又大又圆的月亮慷慨地洒下月光，几乎照亮了小院和单身宿舍的每一个角落。强迫自己在板床上躺着，奈何还是睡不着，披上衣服走到小院里。蛐蛐依然在叫，露水打湿了衣裳。继续喝两杯寡酒、吃两片文旦（柚子），叹一口气：寂寞无处躲藏呀！

  "海上生明月，天涯共此时"，把思念写成这么大的场景，这是盛唐才有的气魄。看到这一句，我总是想到《春江花月夜》的"春江潮水连海平，海上明月共潮生"。注意，是"生明月"，不是"升明月"。在诗人眼里，月亮就是大海的孩子！

酒泉子

宋/潘阆

长忆观潮，
满郭人争江上望。
来疑沧海尽成空。
万面鼓声中。

弄潮儿向涛头立。
手把红旗旗不湿。
别来几向梦中看。
梦觉尚心寒。

> 弄潮儿向涛头立，手把红旗旗不湿

酒泉子：词牌名。
潘阆（làng）：北宋人士，为人疏狂放荡，一生颇富传奇色彩，曾长期遨游于大江南北。
郭：外城。
弄潮儿：指与潮水周旋的水手。
梦觉尚心寒：一觉睡醒来，回忆梦中的场景，还觉得惊心动魄。

农历八月十八,钱塘江涨大潮。每年这个时候杭州湾钱塘江的潮水,不仅在中国独一无二,在全世界也极为罕见。为什么?这与当地的天文地理有关系。天文上,地球、月亮的公转和自转,以及相互之间的万有引力,导致了地球上的海洋潮汐现象;地理上,钱塘江的形状像个大喇叭口,方便潮水大量涌入,上游的河道又陡然变窄,潮水没地方去,就噌噌地往上涨。

在杭州,满城的人都跑到六和塔和海宁去看潮。只听得雷鸣和战鼓般的声音,一条白线出现在地平面。你觉得还很远,一瞬间就能涌到你面前,淹没整个大堤。浪头就像电影里大怪兽的舌头,轻轻松松地裹挟一些倒霉蛋,缩回大海的嘴巴里。所以说,观潮需谨慎,安全是第一。

"来疑沧海尽成空",你看过电影《星际穿越》中外星球的巨大潮汐吗?能把大海吸空,也许创意来自这里。

但是,自古以来,就偏有那么一些喜欢绝地求生的探险者,哪儿危险去哪儿突破自我,人们美其名曰:弄潮儿。弄潮儿,其本意就是在钱塘潮里耍的人。他们脚踩小踏板,手举大红旗,游戏于风口浪尖上,江面上红旗点点。

如果说龙舟是古代的赛艇,弄潮就是古代的冲浪,我们中国人总是捷足先登,创意无限。

鹧鸪天·桂花

宋／李清照

暗淡轻黄体性柔，
情疏迹远只香留。
何须浅碧深红色，
自是花中第一流。

梅定妒，菊应羞，
画阑开处冠中秋。
骚人可煞无情思，
何事当年不见收。

鹧鸪天：词牌名。鹧鸪，一种鸟。
画阑（lán）：画有精美图案的栏杆。
骚人：这里指写《离骚》的诗人屈原。

  仲秋时节,不用看,只用闻,你也知道,桂花盛开了。公园里、道路旁、小区中,处处馨香扑鼻。仔细去看,只见一簇簇淡黄色、金黄色、橙黄色的小花蕊,躲藏在茂盛油绿的叶子中。

  "暗淡轻黄体性柔,情疏迹远只香留",低调就是腔调。李清照的这一句,把桂花的品性说到了骨子里。桂花,初看其貌不扬,久处芬芳宜人,难道这就是传说中的"第二眼美女"?

  "画阑开处冠中秋",桂花是中秋时节的花魁。"春牡丹夏芍药,秋菊冬梅",你们不是不美丽,你们不是不芳香,但是,在李清照眼里,只有桂花"自是花中第一流"。

  "骚人可煞无情思,何事当年不见收",屈原啊屈原,你固然伟大,但是当年你没有把桂花写到自己的文章中,我还是不能原谅。

宿建德江

唐 / 孟浩然

移舟泊烟渚,日暮客愁新。
野旷天低树,江清月近人。

建德江:指新安江流经建德的一段江水。
烟渚(zhǔ):指江中雾气笼罩的小沙洲。
旷:空阔远大。

在讲这首诗之前，我们先看看另外一首诗。它有几句是这么写的："江流宛转绕芳甸，月照花林皆似霰；空里流霜不觉飞，汀上白沙看不见"，"不知江月待何人，但见长江送流水；白云一片去悠悠，青枫浦上不胜愁"……这是《春江花月夜》。

虽然，两首诗一篇写的是春天，一篇写的是秋天，一篇写的是长江，一篇写的是建德江，但是，在大诗兄看来，它们的意境是如此相似。宁谧的夜，冷清的江，江岸的孤舟，荒野的沙洲，寂寥的大地，薄薄的雾气，皎洁的明月，孤单的旅人，不绝如缕的愁绪……

建德江，是钱塘江的一段。给一条河流或者一条山脉赋予不同的名称，也是中国特色。譬如这条江水，它的源头在今皖南，叫新安江；进入今浙江境内，叫建德江；再然后，叫富春江，听说过《富春山居图》吧，画的就是这一段；进入杭州境内，叫钱塘江，或者叫浙江。

这条江的每一段，拿出来都是一幅风景画。"风烟俱净，天山共色。从流飘荡，任意东西。自富阳至桐庐一百许里，奇山异水，天下独绝……"这是南朝文人吴均《与朱元思书》中关于富春江的描绘。你看，这不就是玩漂流么？

夜雨寄北

唐 / 李商隐

君问归期未有期，巴山夜雨涨秋池。
何当共剪西窗烛，却话巴山夜雨时。

寄北：写诗寄给北方的亲友。李商隐当时在巴地，他的亲友在长安，所以说"寄北"。
巴山：指大巴山，在今陕西、四川和重庆的交界处。这里泛指巴蜀一带。

巴山蜀水间,总是不见日头。秋雨绵绵,一连下了多日,没有停歇的迹象。李商隐是一个敏感细腻的人,春天的时候是"飒飒东风细雨来",秋天的时候是"巴山夜雨涨秋池",真个是愁绪万千。

天涯孤旅,百无聊赖的夜晚,卧听秋雨沙沙,打在芭蕉叶上;无数次挑落灯花,梦中呓语,梦中相逢。寂寞难耐,提笔写信。收信人是谁,我们并不知道。信中是这么写的:

我今天刚刚收到你的信。现在是晚上,外面下着雨。其实,自从我一年前来到梓州东川节度使门下做幕僚,直到现在,晴天加起来也不超过十天。这里的狗,看到出太阳,都成群结队地跑到街上,朝着太阳狂吠。"蜀犬吠日"是真的。

秋雨下了整整半个月,小池塘里的水都漾了出来。北边的龙门山、剑阁一带发了山洪,泥沙俱下,涪江里也涨满了水,有点吓人。一层秋雨一层凉,凉到骨子里。洗过的衣服从来没有彻底干过,没办法,必须在炉火旁烤一下。房间里的枕头、被子,也始终有一股湿气和霉味,只好将就。

长安那边怎么样?一定是秋高气爽吧?很想长安,很想你和大家。

观沧海

汉魏 / 曹操

东临碣石，以观沧海。
水何澹澹，山岛竦峙。
树木丛生，百草丰茂。
秋风萧瑟，洪波涌起。
日月之行，若出其中。
星汉灿烂，若出其里。
幸甚至哉，歌以咏志。

碣（jié）石：山名，位于今河北昌黎，靠近渤海。公元207年秋天，曹操征伐东北地区的乌桓得胜回师时经过此地。
澹澹（dàn）：水波摇动的样子。
竦（sǒng）峙（zhì）：耸立。竦：通"耸"，高。
萧瑟：树木被秋风吹过时的声音。
星汉：银河，天河。
幸甚至哉，歌以咏志：太值得庆幸了！就用诗歌来表达心志吧！

小说《三国演义》里的曹操,很不幸被塑造成一个大奸臣。其实,历史上的曹操是大文学家、大军事家、大政治家、历史学家、地理学家。他写这首诗的时候,正好是秋天,带兵打仗得胜归来,经过碣石山。

碣石山在今河北省昌黎县。那附近有几处地方,现在都很有名气,比如山海关、秦皇岛、北戴河。从曹操的诗里可以发现,这个地方有山有海,自古以来风景绝佳。

《观沧海》一下子把我们带到秋天的大海边,穿越到千年前。"秋风萧瑟,洪波涌起",海风瑟瑟,曹操的宽袍大袖鼓满了风。看那海中孤岛,山石嶙峋,青松苍翠,茅草丛生。海风吹来,松涛阵阵。再看那怒海狂涛,永不休止地拍打海岸。碧空沧海,一片蔚蓝,海天一色,白云苍狗。

此处的大海为渤海,从现代人的视野看,这不过是大陆边缘的一处内海。但是,在古人眼里,大海啊,大得没有边际,太阳与月亮仿佛从大海中升落,星辰与银河就以大海为故乡。你看,我们的征途一直都是星辰大海!

越看越有兴致,曹大帅忍不住做了个大广告:金秋长假哪里去?请到碣石海边来!

短歌行

汉魏 / 曹操

对酒当歌，人生几何！
譬如朝露，去日苦多。
慨当以慷，忧思难忘。
何以解忧？唯有杜康。

青青子衿，悠悠我心。
但为君故，沉吟至今。
呦呦鹿鸣，食野之苹。
我有嘉宾，鼓瑟吹笙。

明明如月，何时可掇？
忧从中来，不可断绝。
越陌度阡，枉用相存。
契阔谈䜩，心念旧恩。

月明星稀，乌鹊南飞。
绕树三匝，何枝可依？
山不厌高，海不厌深。
周公吐哺，天下归心。

几何：多少。
慨当以慷：指宴会上的歌声激昂慷慨。
杜康：相传是最早造酒的人，这里代指酒。
青青子衿，悠悠我心：出自《诗经·郑风·子衿》。子：尊称。衿：古式的衣领。青衿是周代读书人的服装，这里代指有学识的人。
呦（yōu）呦鹿鸣，食野之苹。我有嘉宾，鼓瑟吹笙（shēng）：出自《诗经·小雅·鹿鸣》。呦呦：鹿叫的声音。苹：艾蒿。
何时可掇（duō）：什么时候可以摘取呢？掇：拾取，摘取。
越陌（mò）度阡（qiān）：穿过纵横交错的小路。陌，东西向田间小路。阡，南北向的小路。
枉用相存：屈驾来访。枉：这里是"枉驾"的意思；存：问候，思念。
䜩（yàn）：通宴。
三匝（zā）：三周。匝：周，圈。
周公吐哺：西周早期，摄政大臣周公礼贤下士，求才心切，进食时多次吐出食物停下来不吃，急于迎客。"周公吐哺"用来比喻当政者礼贤下士。

公元208年秋天,著名的赤壁之战前夕,长江北岸的曹军舰队被铁索连成一片。某个月夜,在舰队的旗舰上,宴饮之后,曹大帅诗兴大发,横槊赋诗,赋的正是这一首。后来的事情我们都知道了,老曹打了一场空前的大败仗。不过,我们后人收获了一首中国好诗歌。

  这首《短歌行》其实是一份招聘文案:本公司急需各类人才,学历不拘,待遇从优。与此同时,这也是史上最有文采的招聘文案,秒杀如今各大广告公司巨头。

  文案分为四个部分,就像一部四幕剧。

  第一幕:曹大帅在喝闷酒。一边喝一边唱:"对酒当歌,人生几何!譬如朝露,去日苦多。慨当以慷,忧思难忘。何以解忧?唯有杜康。"这给后人留下一个很大的悬念:这位天下最有权势的人物,为什么这般苦闷忧愁?

  第二幕:芳草地上有一头梅花鹿,优雅地吃着艾蒿,发出呦呦鸣叫,呼唤同类一起来就食。这是一只负责的头鹿。画面一转:曹大帅亲自为客人们端茶倒水、鼓瑟吹笙。人们纷纷点头称许:真是个善待员工的中国好总裁。"青青子衿,悠悠我心。但为君故,沉吟至今。呦呦鹿鸣,食野之苹。我有嘉宾,鼓瑟吹笙。"四句里面,有三句借用了《诗经》,但转化得更加广为人知。而且,看上去那么顺畅,就像原创的一样。借力打力,这是高手的借鉴。

  第三幕:万里长江,浪奔浪流,一轮明月照高楼。高楼之上,曹大帅不再一个人喝闷酒,这里高朋满座、觥筹交错、笑语喧哗、其乐融融。这就叫作:"契阔谈䜩,心念旧恩。"

  第四幕:月明星稀,一群乌鸦在高大的、没有一片树叶的树木上盘旋,鸣叫,倏忽来去,不肯落脚。天上,一轮寒月,几颗挨冻的小星星。良禽择木而栖,乌鸦们也在寻找自己的归宿。归宿在哪里?就在如山如海的曹大帅这里。

念奴娇·赤壁怀古

宋／苏轼

大江东去，浪淘尽，千古风流人物。
故垒西边，人道是，三国周郎赤壁。
乱石穿空，惊涛拍岸，卷起千堆雪。
江山如画，一时多少豪杰。

遥想公瑾当年，小乔初嫁了，雄姿英发。
羽扇纶巾，谈笑间，樯橹灰飞烟灭。
故国神游，多情应笑我，早生华发。
人生如梦，一尊还酹江月。

念奴娇：词牌名。
赤壁：此指黄州赤壁，在今湖北黄冈市。有人认为三国古战场的赤壁在今湖北赤壁市（原名蒲圻县）。
周郎：指三国时吴国名将周瑜，字公瑾，少年得志，是赤壁之战中孙刘联军取胜的主帅。
小乔：周瑜的夫人。
羽扇纶（guān）巾：古代儒将的便装打扮。羽扇：羽毛制成的扇子。纶巾：青丝制成的头巾。
樯橹（lǔ）：这里代指曹操的水军战船。樯：挂帆的桅杆。橹：一种摇船的桨。
华发：花白的头发。
一尊还（huán）酹（lèi）江月：古人祭奠时以酒浇在地上祭奠。这里指洒酒酬月，寄托自己的感情。尊：通"樽"，酒杯。

苏轼被贬黄州的岁月里,不经意间开发了两个景点:一个是住所东边的坡地,他在这里开荒种菜,并从此自号"东坡居士"。还有一个,就是所谓的"文赤壁"。为什么叫"文赤壁"?因为他去了一个假赤壁,不是真正的三国赤壁战场。此后,真赤壁被叫作"武赤壁",假赤壁被叫作"文赤壁"。

中秋时节,苏东坡来到他所谓的"赤壁",凭吊"赤壁"战场。他看到了很多:大江东去,浩浩汤汤。江岸有巨大的石块,被江流冲刷了千万年,已经是千疮百孔,这就是时间的力量。水激乱石,溅起一人多高的大浪,层层叠叠,永无止歇,如大雪纷飞,又如万壑惊雷。这正是:乱石穿空,惊涛拍岸,卷起千堆雪!

水边有很多光滑的鹅卵石,如果你仔细寻找,会在石头缝隙中间,发现一些生锈的折戟和矛头。这些物件,其实是从上游"武赤壁"战场冲刷到下游来的。唐朝诗人杜牧在这附近也发现过一些,还写了一首《赤壁》诗:"折戟沉沙铁未销,自将磨洗认前朝。"仔细打磨,他发现了冷兵器上残留的"曹"字或者"孙"字。

在看到了很多的同时,苏东坡也想到了很多。遥想公瑾当年——周瑜当年只有三十来岁,就已经指挥千军万马,把曹操打得灰飞烟灭。这还不算,年轻潇洒的周公瑾,家里还有美貌如花的夫人小乔。再看看自己:年岁不小、一事无成,头发花白、牙齿松动,果然"百无一用是书生"哈!

对于自己开发的这个景点,苏东坡相当满意,有事没事就往这里跑,不仅写了这首《念奴娇》,还写了《前赤壁赋》和《后赤壁赋》,篇篇诗文精彩绝伦,流传千古。

敕勒歌

北朝民歌

敕勒川,阴山下,
天似穹庐,笼盖四野。
天苍苍,野茫茫,
风吹草低见牛羊。

敕(chì)勒(lè):南北朝时期北方游牧部族名,居住在今内蒙古河套平原一带。
阴山:在今天的内蒙古。
穹(qióng)庐:用毡布搭成的帐篷。
四野(yǎ):草原的四面八方。
见(xiàn):同"现",显露。

广袤的亚洲大陆的中央，有一片辽阔的草原。高原上盛产一样东西，就是牧草；丰美的牧草养育了无数的牛羊；肥壮的牛羊养育了健硕的草原儿女。自古以来，这里就是游牧民族的家园。

《敕勒歌》是中国南北朝时期的北方民歌。那时候的中国北方是北魏，这是鲜卑民族南下草原建立的王朝；鲜卑的故土，生活着这个叫做"敕勒"的部族。敕勒人擅长打造大车，所以这个部族也叫"高车"。勒勒车载着拆卸的帐篷，由一排大牛牵动着，在草原上逐水草而移动。阴山之下、草原之上，敕勒人唱着那个时候的《草原之夜》和《敖包相会》。

苍天，永远是那么湛蓝、澄净。自古以来，草原民族就崇拜苍天，把它叫作"腾格里"、长生天。四周茫茫，这圆圆的天就像圆圆的毡布帐篷顶。牛羊是那么温顺，低头大口大口地啃吃牧草，耳朵不时扑扇两下。骏马是那么矫健，奔驰无疆。

苍狼，还是那么凶猛狡黠，它们是值得尊重的对手，上一代狼王的皮毛挂在大旗之上，看上去还是那么威风凛凛。苍鹰，还是鸟类中的战斗机，在天空留下潇洒的剪影。

寒山秋意

10月07日 - 10月09日

寒露在每年阳历10月8日前后,农历九月左右,太阳到达黄经195°时开始。《月令七十二候集解》说:"九月节,露气寒冷,将凝结也。"此时,地面的露水更冷,快要凝结成霜了。

秋天有两个带有"露"的节气。它们的含义是不一样的:白露,这是露珠刚刚开始出现,处于仲秋时节;寒露,这是露珠已经带着寒意,标志着晚秋的到来。

暮江吟

唐 / 白居易

一道残阳铺水中,
半江瑟瑟半江红。
可怜九月初三夜,
露似真珠月似弓。

瑟瑟:唐朝的外来语,原意为碧色珍宝,此处代指碧绿色。
可怜:可爱。
真珠:即珍珠。

大诗兄说

寒露节气,一般在农历九月初,所以又被叫作"九月节"。九月初三,正是寒露节气刚刚开始的时候。此时"露气寒冷,将凝结也"。

"一道残阳铺水中",这是夜色刚刚降临时的景象。太阳已经有一半落在地平线下,光线不似白天那样直射下来,而是以很小的角度,几乎是平平地铺在江面上,被阳光照成火红色的江水在跃动,没有被阳光照射的深碧色江水在涌动。

九月初三的夜,这是中秋节后、重阳节前的时令。"露似真珠月似弓",真珠就是珍珠。要我说,这深秋时节的露水,比珍珠更加晶莹透亮,更加值得赏味。西边的太阳眼看落下去了,东边的淡白色月牙儿刚刚升起,像弯弓一样,每月初,弓弦朝上,月亮可爱到了令人不舍的地步!

如果你是一个博物爱好者,你应该会特别留意这首诗里提到的两样东西:"瑟瑟"和"真珠"。瑟瑟,根据美国学者薛爱华在《撒马尔罕的金桃》一书中的考证,就是来自中亚西域一带的天青石,是上好的宝石;真珠就是珍珠,有来自中国南海地区的,也有来自东南亚、西亚一带的。唐朝,果真是一个放眼看世界的王朝;老白,也真是一个见过世面的大家。

关山月

唐 / 李白

明月出天山,苍茫云海间。
长风几万里,吹度玉门关。
汉下白登道,胡窥青海湾。
由来征战地,不见有人还。
戍客望边邑,思归多苦颜。
高楼当此夜,叹息未应闲。

关山月:乐府诗题,多抒写离别哀伤之情。
天山:在今新疆境内。也有一种说法,当时的天山是今天河西走廊的祁连山。
玉门关:故址在今甘肃敦煌西北,是古代通向西域的交通要道。
白登:今山西大同的白登山。汉高祖刘邦领兵出征匈奴,曾被匈奴在白登山围困了七天。
胡:指唐王朝的劲敌吐蕃。
窥(kuī):窥探,偷看,有所企图。
青海湾:青海湖。
戍(shù)客:驻守边疆的战士。
边邑(yì):边疆的城池。

"明月出天山,苍茫云海间。长风几万里,吹度玉门关",月亮在白莲花般的云朵里穿行,秋风吹来阵阵苍凉的羌笛声。

这首诗,不是凡人的视角,几乎是全知全能的智者视角。诗里面有地理的大跨越:明月出来的地方是天山,长风吹度的是玉门关,胡人窥探的是青海湾。你看地图就会知道,天山在今天的新疆,玉门关在今天的甘肃,青海湾在今天的青海,虽然都在中国的西部,但是相隔甚远。长风必须要行走几万里,才能吹度这些地方。这不是东拉西扯,这叫信手拈来。

诗里面还有历史的纵深感:"汉下白登道,胡窥青海湾。"西汉初年,汉高祖刘邦被匈奴冒顿单于围困在白登山七天七夜,整支大军差点因冻饿而死。由此,李白联想到了大唐与吐蕃在青海湖畔的争夺——永远不要小看你的敌人,战争从来都是残酷的。

好的边塞诗,并不是只顾喊打喊杀的"键盘侠"作品。李白在乐府诗《战城南》里说过,"兵者是凶器,圣人不得已而用之",正确的态度应该是悲天悯人。诗写得好,能写到人心里去,关键在于作者关心的是人本身。"戍客望边邑,思归多苦颜",这描述的是无名战士心中最柔软的地方。

子夜吴歌·秋歌

唐 / 李白

长安一片月,万户捣衣声。
秋风吹不尽,总是玉关情。
何日平胡虏,良人罢远征。

捣衣:把衣料放在石砧上用棒槌捶击,使衣料绵软以便裁缝,将洗过头次的脏衣放在石板上捶击,去浑水,再清洗。
玉关:玉门关,故址在今甘肃敦煌市西北,此处代指良人戍边之地。
胡虏(lǔ):侵扰边境的外族敌人。
良人:古时妇女对丈夫的称呼。

大诗兄说

　　这一首诗，应该跟上一篇《关山月》对照起来读。为什么？因为明月千里寄相思啊！明月出天山，照在戍边良人的身上，孤城玉门关显得更加冷峻；千里之外的大后方、长安城，同样是一轮秋月当空，照在高楼上、映在妆台的铜镜里。

　　高楼闺阁中空无一人。终日忙里忙外、操持家务的主妇们，抱着一大木盆衣服，蹲在河边的青石板上，仔细地清洗衣服；洗完衣服，用大棒槌用力地捶捣，乒乒乓、乒乒乓……最后，将衣服顺着流水漂洗干净。这绝对是体力活。长安城的夜更加深沉。万籁俱寂，只有四处街坊传来此起彼伏的捣衣声。

　　自古以来，八水绕长安，长安城不缺水。这座城池的设计者和建造者很有远见。当初，他们就在大道旁和街坊里，开挖了大大小小、纵横相连的沟渠，引来渭、泾、沣、涝、潏、滈、浐、灞八条河流的河水。人们还开凿了很多水井，解决饮用水的来源。那时候的河水清澈，正好用来洗衣洗菜。

　　月色凉如水，水色凉如月。

菩萨蛮

唐 / 李白

平林漠漠烟如织,
寒山一带伤心碧。
暝色入高楼,有人楼上愁。

玉阶空伫立,宿鸟归飞急。
何处是归程?长亭连短亭。

菩萨蛮:唐教坊曲名,后来成为词牌名。
漠漠:迷蒙的样子。
暝(míng)色:黄昏的天色。
伫(zhù)立:长时间地站着等候。
长亭更短亭:古代设在路边供行人停歇的亭舍。古代官道边,十里设一长亭,五里设一短亭。

词不是宋朝人的专利，它起源于唐朝。李白也写过词，虽然不多，但都是一级品。

    看到这首词，大诗兄的脑海中马上浮现出秋日里稀树草原的景象。什么是"稀树草原"？在平缓而略有起伏的大地上，贴地的草本植物和低矮的灌木相当丰茂，其间稀疏点缀着高大乔木组成的小树林，或者零零星星的几棵大树。据说，人类的前身——类人猿——就来自稀树草原，他们既可以爬到附近的树上，又可以随时下地行走和奔跑，人类基因里对这种地貌很有亲近感。

    秋日的稀树草原最美。早晨，鲜红的太阳从地平线上升起，鸟儿开始在树梢蹿跃，秋草的叶片上沾满新鲜的露珠。东方远处的小树林，树木挺直，高矮疏密匀称，仿佛一列士兵。林间升腾起晨雾，缓缓地平行漂移，映射着朝日的光芒。黄昏，眺望遥远的西山，太阳仿佛一身疲惫，一点点往下坠，昏黄的光线穿过西边的另一丛小树林，草色金黄。小鸟忙着归巢，叽叽喳喳地叫个不停。

    "暝色入高楼，有人楼上愁"，此情此景，怎不教人惆怅？

    "何处是归程？长亭连短亭"，看到这一句，大诗兄不禁想起近代诗人李叔同的《送别》："长亭外，古道边，芳草碧连天……"

终南别业

唐 / 王维

中岁颇好道,晚家南山陲。
兴来每独往,胜事空自知。
行到水穷处,坐看云起时。
偶然值林叟,谈笑无还期。

别业:与"旧业"或"宅第"相对而言,业主往往已有一处住宅,而后另营别墅,称为别业。
中岁:中年。
好(hào):喜好。
道:这里指佛教。
家:安家。
南山陲(chuí):指辋川别墅所在地,意思是终南山脚下。南山:即终南山。陲:边缘,旁边。
胜事:美好的事。
值:遇到。
叟(sǒu):老翁。

至少从中年起,王维的理想就是当一个"宅男"。他要逃避现实,他要一个人清清静静地研究禅宗佛法。找呀找呀找房子,房产中介给推荐了不少,长安的东郊西郊也都去过,左看右看不满意。最终,王维看上了终南山脚下的辋川村。此地甚好,修个别业。别业,就是别墅。从佛法的角度看,王维跟辋川有缘分。

"兴来每独往,胜事空自知",王维就是喜欢独来独往,有什么好事留给自己高兴,不想发朋友圈,也不想让别人知道。

辋川本来就是一条小河。秋日,不寒不热,正好野外徒步。拄着山杖,沿着河岸逆流而上。走着走着,只见河面越来越窄、河水越来越小,过了南山山脚的那棵大银杏树,就只能看到一条细线般的溪水,水流若有若无。正好走得脚酸,找块平坦的大石头,脱了鞋袜,躺在上面。王维你看啥?我在看云。

天上的云,像马、像狗、像观音、像如来。看着看着,犯了迷糊。"老王!"这简直是一声猛喝,王维一激灵坐了起来。原来是辋川村的樵夫老张,他的嗓门从来没有小过。老张背了一大堆柴火,手里还捧着几个猕猴桃。两人一边吃一边聊,也不知道聊了些啥。不知不觉,太阳下山了。两人一边往回走一边继续聊,老张依然背着一大捆柴火,老王背着两只手,像个老干部。

泉声咽危石，日色冷青松

过香积寺

唐 / 王维

不知香积寺，数里入云峰。
古木无人径，深山何处钟。
泉声咽危石，日色冷青松。
薄暮空潭曲，安禅制毒龙。

过：过访，探望。
香积寺：唐朝时著名寺院。
咽：呜咽。
危：高耸。
薄暮：黄昏。
曲：水边。
安禅：安静地打坐，修习佛法。
毒龙：佛家比喻俗人的邪念妄想。

王维在中晚年主要操心两件事：第一，在终南山辋川村弄一个"别业"；第二，打坐安禅，修习佛法。

　　在辋川的时候，他经常去拜访附近的名寺古刹，其中，就有香积寺。香积寺这个名字，看上去就很有佛家韵味：你应该见过香火旺盛的寺院，香灰、蜡烛油总是积了一层又一层；每到一个时辰，钟磬齐鸣，伴随着僧人们整齐的念经声，传出很远。

　　秋天的终南山，一切都那么美。走在去往香积寺的路上，心情宁静、平和、愉悦。只见泉水潺潺、古木参天。长得最精神的树木，是四季常青的松柏。日头西斜，光线透过松针，松涛阵阵，送来清爽的风。

　　有贼！老王吓了一跳。贼在哪里？贼在心中，名叫"贪嗔痴"。心中贼怎么破？放心，"安禅制毒龙"，看我如何用强大的意志力来压服恶念。

　　"龙"虽然是一种虚构的动物，但中国文明、西方文明、印度文明中都有。不管是好是坏、是凶是吉，它总是力量无穷的象征。佛教源自印度文明，佛教思想中的"龙"，一般都是恶念的象征。你不是用更高强的手段、更强大的力气来压服它，反倒是用高深的佛法、平静的力量来让它心悦诚服，让它温顺得像只哈巴狗。唐僧玄奘的《大唐西域记》里，就记载了很多制伏恶龙的故事，很有趣。

九月九日忆山东兄弟

唐 / 王维

独在异乡为异客,
每逢佳节倍思亲。
遥知兄弟登高处,
遍插茱萸少一人。

山东:唐朝时期的山东是指华山以东,范围大致相当于今山西省。王维的老家是蒲州(今山西运城),位于当时的山东。
登高:古有重阳节登高的风俗。
茱(zhū)萸(yú):一种灌木果实。古时人们认为重阳节插戴茱萸可以避灾去邪。

九月九日重阳节，一般都在寒露节气之后不久。重阳宜团聚，宜登高。

"独在异乡为异客，每逢佳节倍思亲。"王维写这首诗的时候，大概只有十七八岁，独自一人在京城，难免想家，难受。因为真诚，所以动人，所以成了千古名句。直到现在，每年的电视春晚，我们准会听到主持人提到这一句。

"遥知兄弟登高处，遍插茱萸少一人。"家乡的山，不算高，灌木丛生，山果繁盛，煞是好看。儿时的重阳节，经常跟父母兄弟一起登高；如今的重阳节，没法跟家人一起登高，那么就在长安找一处地方，聊以自慰吧！在当时的长安城，人们如果要登高，有几个好去处可以选择。

第一处是城南的终南山。秋天的终南山，自然风景真是美不胜收。第二处是乐游原。乐游原曾是西汉长安的一处苑囿，在唐朝时期堪称国家5A级景区，"汉乐游原遗址公园"，这是一处高台，李商隐说过"向晚意不适，驱车登古原"。第三处是长安城中的大雁塔、小雁塔等高塔，也是登高好去处。

至于"茱萸"，现如今，叫作茱萸的植物有好几种，比如山茱萸、吴茱萸、草茱萸，它们的样子都很好看，王维说的到底是哪一种？有植物学家考证说，是吴茱萸，其实就是一种花椒，果实于秋季成熟，兼具药用价值和食用价值。这么说来，倒也挺贴切。从"红豆生南国"到"遍插茱萸少一人"，王维，你也是一流的植物学家。

过故人庄

唐 / 孟浩然

故人具鸡黍,邀我至田家。
绿树村边合,青山郭外斜。
开轩面场圃,把酒话桑麻。
待到重阳日,还来就菊花。

过故人庄:拜访老朋友的田庄。
具:准备,置办。
鸡黍(shǔ):鸡和黄米饭,指农家待客的丰盛饭食。
轩(xuān):窗户。
场圃(pǔ):场:打谷场、稻场;圃:菜园。
桑麻:桑树和麻。这里泛指庄稼、农事。
还(huán):返,来。

《过故人庄》,瞬间将我们拉回故乡和童年。

秋日至美之处,在于山野田园。"绿树村边合,青山郭外斜",在大诗兄的家乡、皖东琅琊山脚下,很多村庄掩映在丛丛簇簇的绿树之中。在道路边、在院落里、在小丘上,苦楝树、臭椿树、桑果树,黄发垂髫都能准确地分辨出物种。大榆树下,泡桐树旁,飞奔的、玩闹的、争吵的孩子们,你们现在在哪里呢?走到村边,就能看到二三十里外的山峦,层层叠叠,呈现出深深浅浅的蓝色。山峰并不奇峻,它们的边际线,借用鲁迅先生在《故乡》中的一句话,"仿佛是踊跃的兽脊"。

秋天是丰收的季节,乡村的酒饭最有滋味。"故人具鸡黍,邀我至田家",你不精心准备点儿红烧鸡、红烧肉、红烧大鲫鱼,还有刚刚收获的小米饭和新鲜时蔬,好意思请人来家里吃饭?农家饭最香,散养鸡则是最具代表性的食材。这一点,宋朝的陆游也有诗句证明:"莫笑农家腊酒浑,丰年留客足鸡豚。"

"开轩面场圃,把酒话桑麻",大诗兄可以肯定,小酒桌就是摆在四面临风的草棚、凉亭里,甚至是露天的打谷场上。男人们端起酒杯,说的不外乎是"桑麻"之事——今年的收成。秋天,稻子已经收割了,谷场上耸起一座座谷堆和草垛。夜色凉如水,孩子们跟着父母,拿着草木灰在稻谷堆上洒出一行大字——五谷丰登。

采菊东篱下，悠然见南山

饮酒·其五

东晋 / 陶渊明

结庐在人境，而无车马喧。
问君何能尔？心远地自偏。
采菊东篱下，悠然见南山。
山气日夕佳，飞鸟相与还。
此中有真意，欲辨已忘言。

寒 露

给孩子的节气古诗词 秋

结庐：建造住宅，这里指居住的意思。
车马喧：指世俗交往的喧扰。
君：指作者自己。
何能尔：为什么能这样。
悠然：闲适自得的样子。
日夕：傍晚。
相与还：结伴而归。

大诗兄说

    金秋时节，没有百花齐放、姹紫嫣红。但是，这有什么关系？在这个季节，中国人只需要两样名花，就心满意足：一样是桂花，大约在八月十五中秋前后盛开；一样是菊花，"待到重阳日，还来就菊花"，就在九九重阳前后绽放。

    观赏菊花的老祖宗，是陶渊明。这一点，从古至今的中国人都没有意见。陶渊明的诗歌里，很多次出现菊花，而最有名的一首，是这个。

    "采菊东篱下，悠然见南山"。菊花，是隐士的标配；隐士需要一个小院落、一道篱笆墙和一条大黄狗。原生态的、小小的、黄黄的野菊花，是从山里挖出来，移栽到篱笆边上的。这种菊花不娇贵，可以看，也可以采，秋天采花来酿菊花酒，春天采嫩叶做一盘菊花菜。

    抬眼遥望南山，夕阳西下，众鸟归林。我大约也像这些倦鸟，终于找到可以休憩的归宿。

天净沙·秋思

元 / 马致远

枯藤老树昏鸦,
小桥流水人家,
古道西风瘦马。
夕阳西下,
断肠人在天涯。

如果生活在当代,马致远一定是一位非常优秀的摄影家;他最擅长的,应该是逆光摄影;逆光摄影的最大效果,就是把对象拍出剪影的效果。

  马致远就是用他的人眼相机,拍出了最唯美的剪影照片。夕阳西下,西风凛冽,老树的叶子在冷风中摇曳,枯萎的丝瓜藤千缠百绕,一只只棒槌形的老丝瓜,就像用线悬着一样,从树冠的各处垂下来,仿佛这是大树自己结出的果实。树顶上停着两只乌鸦,左顾右盼,呱呱地叫,声音有点吓人。

  悠长古道,似乎是通往夕阳的方向。一个人,一匹马,都耷拉着脑袋,身后拉着长长的影子。人是在想心事,马是在找草吃。远远看见,小桥流水人家,这荒郊野外,孤零零的一户人家,不知道是什么来历?

  枯藤老树昏鸦,小桥流水人家,古道西风瘦马——十八个字,全是偏正结构名词,没有一个动词,很多人说,这就是汉语与汉字的魅力。

登高

唐 / 杜甫

风急天高猿啸哀,渚清沙白鸟飞回。
无边落木萧萧下,不尽长江滚滚来。
万里悲秋常作客,百年多病独登台。
艰难苦恨繁霜鬓,潦倒新停浊酒杯。

啸哀:指猿的叫声凄厉。
渚(zhǔ):水中的小洲。
萧萧:模拟草木飘落的声音。
万里:指远离故乡。

百年:指人的一生。
繁霜鬓:增多了白发,如同鬓边着霜雪。
潦倒:衰颓,失意。
新停浊酒杯:因为生病,刚刚戒酒。

大诗兄说

人类有史以来最伟大的七言律诗，大诗兄认为是这一首。也许你觉得大诗兄武断、固执，但是没办法，自从看到这首诗，大诗兄就认定了！

唐朝大历二年（公元767年）深秋，56岁的杜甫来登高。听！风在吼，猿在啸；看！江鸟在飘摇。一说到猿，你就知道这是哪里。这是三峡。这是深秋的长江三峡。古书里面记载，苍凉的民歌唱道：巴东三峡巫峡长，猿鸣三声泪沾裳。

李白曾经从这里走过，他说：两岸猿声啼不住，轻舟已过万重山。同样是人到晚年，杜甫没有轻舟，也没有李白那种否极泰来的轻快；他只有自己的两只脚板，一根破旧的手杖，他当时和后来的命运，没有最糟，只有更糟。

显然，你能看出老杜的艰难；但是，你看不出他的颓废。再苦再难，老杜从不颓废。少女怀春，壮士悲秋。没错，我们能看到的，是"悲"和"壮"，合起来就是悲壮。"无边落木萧萧下，不尽长江滚滚来"，这是老杜的命运交响曲，由广阔无边的大自然来演奏。

在旁观者的眼里，这江岸高峡上独坐的，不过是一个糟老头子，两鬓斑白、头发稀疏、满脸褶子、一脸愁容，浑身是病、酒不离口。"万里悲秋常作客，百年多病独登台"，他自己恐怕都没有意识到，这一次稀松平常、无人见证的"登台"，正是千古诗圣的"加冕礼"。

西塞山怀古

唐 / 刘禹锡

王濬楼船下益州,金陵王气黯然收。
千寻铁锁沉江底,一片降幡出石头。
人世几回伤往事,山形依旧枕寒流。
今逢四海为家日,故垒萧萧芦荻秋。

西塞山:位于今湖北省黄石市,山体突出到长江中,因而形成长江弯道,站在山顶犹如身临江中。
王濬(jùn):西晋益州刺史。
益州:今成都。
金陵:今南京,三国时期吴国的都城。
黯然:沉郁、低落的状态。
千寻铁锁沉江底:东吴末帝孙皓命人在江中树立铁锥,又用大铁索横于江面,拦截晋船,终失败。寻:古代的长度单位。
一片降幡(fān)出石头:王濬率船队顺流而下,直到金陵,吴主孙皓投降。降幡:投降的旗帜。石头:石头城,金陵的别称。
"今逢四海为家日"两句:如今国家统一,旧时的壁垒早已荒芜。

刘禹锡的这首诗真好,它充满了历史的纵深感和苍凉感。大诗兄读后,也不禁虎躯一震。讲这首诗,你也不得不懂一点儿历史。

话说三国时期,魏国最强,可惜最早灭亡,因为自己家的权臣司马氏篡了皇帝位,魏国换个马甲变成晋国;然后,晋国灭了蜀国,也就是益州,今天的四川一带;拿下益州,晋国派大将军王濬,率领浩浩荡荡的战船队伍,顺江而下,直取吴国都城建业,也就是金陵。吴国自知是招架不住,想了个昏招:在大江上拦了大铁链子,权当设个路障。王濬的军队从来不是吃素的,三下五除二凿沉铁链。吴国傻了眼,在城头上乖乖打白旗。这就是:

王濬楼船下益州,

金陵王气黯然收。

千寻铁锁沉江底,

一片降幡出石头。

深秋时节的某个黄昏,刘禹锡来到长江边上的西塞山古迹,这个地方在今天的湖北黄石。此处也曾是一处江防要塞,当年王濬的船队就经过此地。大江两岸的荒滩湿地,只见无边无际、高出人头的芦苇荡,芦苇金黄、芦花雪白。江风吹来,芦苇飒飒作响。芦苇这种植物,为秋天增加了无穷萧瑟气氛,要不《诗经》里面也说呢,"蒹葭苍苍,白露为霜"。

遥想当年,船队遮天蔽日而下,帝王将相无不在棋局之中,想来真是令人感慨!大江依然奔涌,西塞山依然冷峻,古往今来多少人与事?这可真是:天地不仁,以万物为刍狗!

白露为霜

10月23日 — 10月25日

霜降是秋季最后一个节气，也是秋冬交替的时节。霜降节气，在每年阳历10月24日前后，农历九月中旬，太阳到达黄经210°时开始。《月令七十二候集解》说：『霜降，九月中。气肃而凝露结为霜矣。』霜降前后，我国北方黄河流域出现初霜。

霜降

蒹葭

诗经 / 秦风

蒹葭苍苍，白露为霜。
所谓伊人，在水一方。
溯洄从之，道阻且长。
溯游从之，宛在水中央。

蒹葭萋萋，白露未晞。
所谓伊人，在水之湄。
溯洄从之，道阻且跻。
溯游从之，宛在水中坻。

蒹葭采采，白露未已。
所谓伊人，在水之涘。
溯洄从之，道阻且右。
溯游从之，宛在水中沚。

蒹（jiān）葭（jiā）：芦苇。蒹：没长穗的芦苇。葭：初生的芦苇。
苍苍：茂盛的样子。下文"萋萋""采采"同义。
所谓：所说的，此指所怀念的。
伊人：那个人，指所思慕的对象。
一方：那一边。
溯（sù）洄（huí）：逆流而上。
溯游：顺流而下。

从：追寻。
宛：宛然，好像。
晞（xī）：干。
湄（méi）：水和草交接的地方，也就是岸边。
跻（jī）：水中高地。
坻（chí）：水中的沙滩。
涘（sì）：水边。
右：迂回曲折。
沚（zhǐ）：水中的沙滩。

霜降是秋季的最后一个节气，也是从秋天向冬天转换的一个节气。秋天的六个节气中，有三个跟水的形态有关，先后是白露、寒露和霜降。从这些节气名字中能看出，时令的转换和秋色的渐浓。如果用一句诗来概括这个过程，最精炼的就是"白露为霜"这四个字。

《蒹葭》是诗经名篇，它诞生在春秋战国时期的秦国。秦国，地处中国西北，核心区域在关中平原。现代的气候观测显示，关中平原一带，一年中的霜期和无霜期长度之比，大约为一比二。也就是说，在一年的三分之一时间里，人们都可以在清晨观察到霜。对那里的人而言，秋霜，就像春雷、夏雨、冬雪一样，是一个季节中的典型物候。

秋天到了，霜打在狗尾巴草的草籽上、芦苇的白絮上、茅草的叶尖上——这些都是禾本科的植物，禾本科植物和秋霜是绝配。远远看过去，整齐的、修长的、一望无际的禾本科植物，在枯黄的底色之上，一夜之间突然披上了水的结晶体。这些结晶体呈白白的粉末状，肃杀却又润泽，覆盖一切却又吹弹欲破，那就是秋霜。

如果你仔细琢磨，就会发现，《蒹葭》中包含着对大自然细致入微的观察。

"蒹葭苍苍，白露为霜"，这是黎明前的黑暗、太阳将升之时的景象。那个时候，距离上次太阳照耀大地的时间最长，气温最低，水汽最容易大面积地转化为固态的秋霜。

"蒹葭萋萋，白露未晞"，太阳出现在地平线上，固态的秋霜慢慢融化，成为液态的露珠，"未晞"，还没有被晒干、蒸发。

"蒹葭采采，白露未已"，太阳继续升高，气温缓慢回升，白露正在消逝的进行时中，只剩下一点点儿水痕。

伊人还在水一方，你"溯洄从之"也好，"溯游从之"也好，总之是无法接近的。菜地里的茄子都被霜打了，河谷边的粟米也该收割了。

床前明月光，疑是地上霜

静夜思

唐 / 李白

床前明月光，疑是地上霜。
举头望明月，低头思故乡。

床：一种说法是指睡觉、躺卧的床榻；另一种说法是指类似小马甲的凳子。

霜降

秋天的月亮最美,诗人们都忙不迭地写月亮。别人不说,你就看李白,在边关,看到的是"明月出天山";在都城,看到的是"长安一片月";在四川,看到的是"峨眉山月半轮秋";在五松山下,看到的是"月光明素盘"……

"床前明月光,疑是地上霜",这是寂寥无所依的心情。李白在《秋浦歌》里曾写过,"不知明镜里,何处得秋霜"。地上有白霜,镜子里也有白霜,我们知道,这些都不是真正的霜。真正的霜在客店后院的百草园里,附着在秋草的叶片上。月光、白发、秋霜,又都是一样东西,是发呆发到清冽冰凉的心。

"举头望明月,低头思故乡",故乡是儿时的味道,是妈妈的味道。李白好像从来没有写过想妈妈的诗,但我知道,他其实是想的。每次从故乡出来,妈妈都要在马背的后备箱里,塞满家乡的柴鸡蛋、芝麻油、风鸡、风鹅、风猪肉。这些东西,走到哪里都有,但妈妈就是担心你喝西北风。

《静夜思》还有一个版本,听说流传更早、更加接近李白的原创:

床前看月光,疑是地上霜。

举头望山月,低头思故乡。

山行

唐 / 杜牧

远上寒山石径斜，白云生处有人家。
停车坐爱枫林晚，霜叶红于二月花。

寒山：深秋季节的山。
石径：有石子的小路。
斜（xiá）：倾斜。
车：轿子。
坐：因为。
霜叶：枫树的叶子经深秋寒霜之后变成了红色。

小杜的诗，真是清新明快。秋日登高，不论古今，都是很令人心情舒畅的事情。天高云淡，层林尽染，空气质量指数很好。现代人忙不迭拍照发"朋友圈"，杜牧只写了这二十八个字，但是仿佛比几百万、上千万的像素更加内涵丰富。

　　"白云生处有人家"，有的版本写作"白云深处有人家"。你也许会问我：哪一个对？照我说，不一定要有唯一的版本，只要说得通，都对。字不同，意境不同：白云生处，那是孕育白云与雾气的地方；白云深处，那是大山深处的秘境。

　　"霜叶红于二月花"，有后人解释说：这首诗的中心思想，是体现枫树不畏风霜严寒的可贵品质。不过，在大诗兄看来，也许不用想这么多，这就是某种植物的自然属性，赏心悦目就可以。

　　山是敦厚的、温润的，登山人的心情，也当如是，这就叫"仁者乐山"。

枫桥夜泊

唐 / 张继

月落乌啼霜满天，
江枫渔火对愁眠。
姑苏城外寒山寺，
夜半钟声到客船。

枫桥：在今苏州市阊门外。
姑苏：苏州的别称，因城西南有姑苏山而得名。
寒山寺：在枫桥附近，始建于南朝梁代。相传因唐代僧人寒山、拾得曾住此而得名。

大诗兄说

　　水能载舟,浮力和流向是大自然的馈赠。古人出远门大多靠行船,没有机器动力,靠的是水力、风力和人力,所以走得慢,在船上过夜是常有的事。那时候没有手机聊天,没有电子设备玩游戏,人一旦闲下来就要搞创作,所以才有了《春江花月夜》《宿建德江》《枫桥夜泊》。水是灵动的、清冽的,行水之人的心情,也当如是,这就是"智者乐水"。

　　"江枫渔火对愁眠",诗人为什么失眠?我的猜测是:不是因为心里有什么事,而是因为心里什么事都没有,身心空空荡荡,对着江枫、渔火,冥思、犯呆。

　　神游八极,恍惚之间,半夜一声钟响,仿佛当头棒喝,把人给震清醒了;夜宿于江枫上的乌鸦,也被这钟声震醒,纷纷飞起,绕树三匝,呱呱叫上一阵,又密集地降落在大树上。肃肃霜天,复归平静。这是深秋的江南之夜。

鲁山山行

宋 / 梅尧臣

适与野情惬,千山高复低。
好峰随处改,幽径独行迷。
霜落熊升树,林空鹿饮溪。
人家在何许?云外一声鸡。

鲁山:在今河南省鲁山县境内,属于伏牛山山脉。
适:恰好。
野情:喜爱山野之情。
惬(qiè):心满意足。
幽径:小路。
熊升树:熊爬上树。
何许:何处,哪里。

大诗兄说

　　风霜高洁之时,是一年中最适合郊野远足的时期,也是适合郊游的最后时光。不久后,冬天到来,北风呼啸,在野外行走可就要挨冻啦!

　　鲁山,是河南伏牛山山脉的一支,风景这边独好。梅尧臣先生,美美地走在山道上,只见木叶已经落了大半,天空如此澄净,峰回路转,移步换景,远近高低的山势各有不同。一边走一边看,忘记了自己的存在。

　　忽然,远处传来一声呼啸,猛抬眼一看——哎哟,山大王出没!不是拦路抢劫的山大王,是真正的山大王,大狗熊!整个人定住不动,足有五分钟。"熊出没,请注意!"进山前就看到了官府贴的告示,没当回事,这下可好!

　　这肥肥胖胖的大狗熊,并没有拦在半路上,而是悬挂在一棵已经落尽树叶的大树上,左顾右盼。你别看它貌似笨拙,爬起树来可灵活了。狗熊的目光并没有停留在梅先生这边,而是远眺着正在清澈的小河边饮水的几头鹿。

　　三十六计走为上。还好,没有遭遇到熊瞎子把爪子搭在肩膀上的情况。虽是霜降节气,连吓带走,出了一身大汗。听到远远传来的鸡叫声,心想:还好,还好!赶快跑到这附近农家里去避一避。

　　养鸡的老农听梅先生说了来龙去脉,说你走了狗屎运!这山里的狗熊马上就要冬眠了,正在到处寻找食物,讲究荤素搭配,要补充能量呢!

商山早行

唐 / 温庭筠

晨起动征铎,客行悲故乡。
鸡声茅店月,人迹板桥霜。
槲叶落山路,枳花明驿墙。
因思杜陵梦,凫雁满回塘。

霜 / 降

温庭筠（yún）：晚唐诗人。
商山：山名，在今陕西商洛市。作者当时离开长安，经过这里。
征铎（duó）：车行时悬挂在马颈上的铃铛。铎：大铃。
槲（hú）：一种落叶乔木。
枳（zhǐ）：也叫臭橘，一种落叶灌木或小乔木。
驿（yì）墙：驿站的墙壁。
杜陵：地名，在唐长安城南，这里指长安。
凫（fú）雁：水鸟。凫：野鸭。
回塘：岸边弯曲的湖塘。

商州,就是今陕西南部的商洛地区。这里是现代作家贾平凹的老家,他早年写的商州山水散文,清新俊逸,值得一读。

  "鸡声茅店月,人迹板桥霜",这是商州的秋,这是羁旅的愁。夜宿茅店的人,听到鸡叫了三遍,农家的猪牛也跟着哼了几声;听到店小二窸窸窣窣的开门声、烧火做饭的声音;推开窗户一看,"天边泛出鱼肚白"(这是曾经的小学生作文必用语句),惨白的月亮还挂在天上,不远处有一颗晨星。诗人禁不住打一个寒战。

  村口小溪的石板桥上,没有人,却有人走过的痕迹——白霜上的脚印。当然,也许还有竹叶一样的鸡脚印,以及各种曾在夜间出没的小兽脚印。这条小溪,将会注入流经商州的丹江,最后流入长江。今天,在丹江下游,有一座丹江口水库。

泊秦淮

唐 / 杜牧

烟笼寒水月笼沙,
夜泊秦淮近酒家。
商女不知亡国恨,
隔江犹唱后庭花。

烟笼寒水月笼沙,夜泊秦淮近酒家

霜降

给孩子的节气古诗词 秋

秦淮:即秦淮河,经南京流入长江。
商女:以卖唱为生的歌女。
后庭花:歌曲《玉树后庭花》的简称。南朝陈朝的皇帝陈叔宝(陈后主)溺于声色,作此曲与后宫美女寻欢作乐,终致亡国,所以后世称此曲为"亡国之音"。

深秋的金陵,寒气逼人。华灯初上,桨声灯影里的秦淮河,泛着粼粼微波,透着冷冷的感觉。

"嘎嘎嘎",一大群麻鸭从河面上游过去,一阵喧噪。一只小舟跟随在鸭群后面,鸭主人只用一根长竹竿,就控制住全部局面。麻鸭们兴高采烈,左顾右盼、没头没脑。它们并不知道:没有一只鸭子可以活着游出秦淮河,更不要说游过长江。就在秦淮河两岸的酒肆饭馆里,盐水鸭、桂花鸭、烤鸭、鸭四件、鸭血汤、鸭油烧饼……正在搅动人们的味觉,这些菜品成为下酒的最佳佐餐。

上好的饭馆包房里,打扮入时的歌女和食客一起高歌,直震云霄。

这是一座乐于安逸、善于享受的消费型城市,是人们的安乐窝。而杜牧先生对这些现象是颇有些微辞的。金陵,六朝古都,也曾经是壮丽威严的帝王州。然而,为什么东吴、东晋宋、齐、梁、陈这六朝都灭亡了?就是因为这里的鸭子太好吃,歌女太能唱。励精图治的朋友,就不要"夜泊秦淮近酒家"了,不要去凑这个热闹了!

寄扬州韩绰判官

唐 / 杜牧

青山隐隐水迢迢,秋尽江南草未凋。
二十四桥明月夜,玉人何处教吹箫?

韩绰(chuò):杜牧的朋友。
判官:地方主官观察使或者节度使的属官。当时韩绰担任淮南节度使的判官。
迢迢:指江水悠长遥远。
凋(diāo):凋谢。
二十四桥:一说为二十四座桥;一说有一座桥名叫二十四桥,也叫吴家砖桥、红药桥。
玉人:貌美之人。
教:使,令。

唐朝的时候,扬州是中国第一繁盛都市。城市因港而兴,长江和大运河在这里交汇,扬州就是十字路口。同时,往东不远处就是东洋大海,远洋船队也在这里出发和到达。不夸张地说,当时的扬州,就是今天中国的上海、美国的纽约。

因为物质生活和文化生活非常发达,人们都喜欢到扬州去。杜牧年轻的时候,有幸被朝廷派到扬州挂职,待了好几年。在这里,他结交了不少好朋友,大家建立了纯洁而深厚的友谊。后来他离开扬州了,还是很想念这里。春天的时候,主要想女朋友,"娉娉袅袅十三余,豆蔻梢头二月初";秋天的时节,主要想好同事,"二十四桥明月夜,玉人何处教吹箫",老韩,你还是跟以前一样,在这样的明月秋夜,跟女孩子们在二十四桥举办一场音乐会吗?

秋色已深,凛冬将至。杜牧当时所在的北方,已经显露出萧瑟的景象。不过,在南方,在扬州,深秋时节依然是好景致。这里常绿乔木与落叶乔木杂生,地面铺满黄叶,山头依然苍翠。长江、运河与邵伯湖,水面不见寒冰,碧波依旧荡漾。"青山隐隐水迢迢,秋尽江南草未凋",这扬州在地理上虽然是江北,在文化上却是执江南之牛耳,真是占尽了天时、地利与人和。

破阵子·为陈同甫赋壮词以寄之

宋 / 辛弃疾

醉里挑灯看剑,梦回吹角连营。
八百里分麾下炙,五十弦翻塞外声。
沙场秋点兵。

马作的卢飞快,弓如霹雳弦惊。
了却君王天下事,赢得生前身后名。
可怜白发生!

霜 / 降

陈同甫：陈亮，字同甫，南宋思想家、文学家，辛弃疾的挚友。
挑灯：拨动灯火，点灯。
八百里：一种优良的牛品种。这里指上好的牛肉。
麾（huī）下：部下。麾：军旗。
炙：烤肉。
五十弦：本指瑟，有五十根弦，这里泛指乐器。
沙场：战场。
点兵：检阅军队。
的（dī）卢（lú）：一种额部有白色斑点、性烈的良马。三国时刘备曾骑过这种马。
霹（pī）雳（lì）：特别响的雷声，比喻拉弓时弓弦响声如惊雷。

"沙场秋点兵"，自古以来，秋冬季节最适宜搞军训和阅兵。辛弃疾上马能打仗，下马能赋诗。他的这首词，就是对一场盛大阅兵式的回忆。军队里都是年轻气盛、精力旺盛的年轻人，所以要演习、阅兵，叠被子、踢正步，古今中外无不如此。阅兵的气氛固然紧张严肃，同时也很团结活泼："八百里分麾下炙"，会餐要吃上好的烤牛肉；"五十弦翻塞外声"，雄壮的军乐团演奏起来！

"马作的卢飞快，弓如霹雳弦惊"，弓马娴熟，这是古代军队对军人的基本要求。在一些小说演义里，常有两军主将叫阵单挑的场景，但其实战争不是那样的。主将的职责，是兵法、谋略、布阵、调度。冲在第一线的，得是大兵团。经过长期的实践检验，战车、步兵在速度、灵活度、冲击力上都比不上战马；青龙偃月刀和丈八蛇矛，也比不上能够远距离杀伤敌人的弓箭。

强盛的汉唐王朝，都十分注重骑兵建设。汉朝的卫青、霍去病，唐朝的哥舒翰、高仙芝等名将，挺进漠北、纵横天山，你指望他们带着两条腿的步兵？宋朝军队战斗力不足，很重要的一个原因是缺少战马，抵挡不住契丹人、女真人、蒙古人这些马背民族。岳飞的军队曾经研究出一个战法，就是砍金兵的马腿，其实也是无奈之举。辛弃疾是个好军人，可惜没有生在一个合适的时代，"可怜白发生"，可怜，可叹！

菩萨蛮·书江西造口壁

宋 / 辛弃疾

郁孤台下清江水,中间多少行人泪。
西北望长安,可怜无数山。

青山遮不住,毕竟东流去。
江晚正愁余,山深闻鹧鸪。

菩萨蛮:词牌名。
造口:在今江西省万安县,在赣江之滨。
郁孤台:在今江西省赣州市,也在赣江之滨。
长安:汉唐故都,此处代指已经沦陷的北宋都城开封。
鹧鸪:鸟名。传说其叫声就像在说"行不得也哥哥",啼声凄苦。

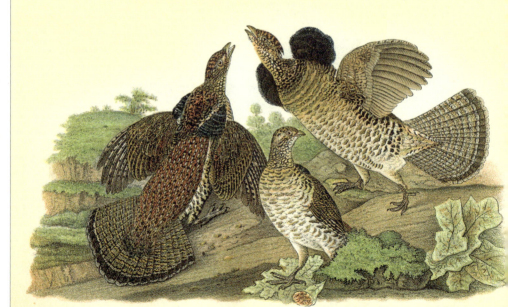

辛弃疾36岁的时候,调任江西提点刑狱,驻地在赣州。赣江纵贯江西大地,绿水青山,真是一片好风景。因为工作需要,他经常沿着赣江顺流或逆流奔走。赣州在赣江上游,此处有高岗,名唤郁孤台;万安在赣江下游,此处江流峭壁,叫做造口壁。不管是郁孤台,还是造口壁,都是俯瞰江流的好地方。一泓清江水,两岸青山出,好一个所在!

  然而,造口,不仅是一个风景秀丽的地方,还是一个有故事的地方。四十多年前,金兵曾打过长江,一路烧杀劫掠,南宋王室四散奔逃。其中,隆祐太后就被一直追到造口,侥幸逃脱。什么叫家仇国恨,这就是。对于时年36岁的辛弃疾来说,这件事发生在他出生之前,不是时事,而是历史。但是,谁忘记历史,谁就是背叛啊!

  "郁孤台下清江水,中间多少行人泪?""郁孤台",这名字起得也有代入感,又"郁"又"孤",站在这里,想想往事就憋屈。当年的那些逃难人,不仅是皇室,更多的是老百姓,大多已经作古了吧?但是,那种兵荒马乱、哭声震天的景象,仿佛就发生在昨天。

  青山依旧在,江水东流去,几度夕阳红。

  "咕咕,咕咕。"这是鹧鸪的叫声。人们都说,这些鸟儿其实是在说:"行不得也,哥哥!"残阳的光线铺在水面上,果真是半江瑟瑟半江红。当年的人们,看到如许残阳,听到这样瘆人的鸟鸣,不知作何感想。

秋阴不散霜飞晚，留得枯荷听雨声

宿骆氏亭寄怀崔雍崔衮

唐 / 李商隐

竹坞无尘水槛清，
相思迢递隔重城。
秋阴不散霜飞晚，
留得枯荷听雨声。

霜 / 降

骆氏亭：姓骆人家的亭子。
崔雍、崔衮：李商隐的表兄弟。
竹坞（wù）：丛竹掩映的池边高地。
水槛（jiàn）：指临水有栏杆的亭榭，此指骆氏亭。
迢递：遥远的样子。
重城：一道道城关。

夏天一过,映日荷花和接天莲叶统统没了踪影,荷花被大家抛到脑后。只有一个人还记得,他就是小李。小李的脑洞跟大家确实不一样,所以写出的诗也很清奇。"留得枯荷听雨声",秋雨绵绵的夜晚,小李从来就睡不好,要么是想着跟谁"共剪西窗烛",要么就听着雨打枯荷,一滴、两滴、三滴……数了整整一晚上。这就是典型的心思重,敏感型人格。

早上起来,眼圈黑黑。走出亭台,来到池边。只见满池荷叶,大半都已枯萎,只带着最后一丝丝黄绿色,覆着一层薄霜。莲蓬头是枯黑的、空洞的。曾经中通外直的莲茎,折的折、弯的弯,把荷叶垂到水面上。清而冷的池水,倒映着枯荷影子。

"留得枯荷听雨声",枯荷是秋天最后的尾巴,留得住吗?可不见得。很快,就要"荷尽已无擎雨盖",要进入冬季啦!